新訳

ナルニア国《こく》物《もの》語《がたり》

①ライオンと魔《ま》女《じょ》と洋《よう》服《ふく》だんす

C《シー》・S《エス》・ルイス・作
河合《かわい》祥一郎《しょういちろう》・訳
Nardack《ナルダク》・絵

角川つばさ文庫

The Chronicles of Narnia,
The Lion, the Witch and the Wardrobe
by C. S. Lewis 1950

ナルニア国《こく》物語《ものがたり》①の あらすじ

ふしぎな国《くに》ナルニアでした。
白《しろ》の魔女《まじょ》にみつかったらたいへんだ!!
きみ、人間《にんげん》かい!?
タムナスさん
ルーシーはタムナスさんとなかよくなりますが…
ありがとう これでぼくら友《とも》だちだね
つぎにみんなで訪《おとず》れたとき、タムナスさんの家《いえ》は燃《も》やされていました。
ひどいわ!
なにかしらこの紙《かみ》…
この家《いえ》の住人《じゅうにん》を人間《にんげん》と交流《こうりゅう》した罪《つみ》で逮捕《たいほ》する。白《しろ》の魔女《まじょ》
わたしのせいだわ!
見《み》つけたら殺《ころ》せ!
4人《にん》は魔女《まじょ》に追《お》われる身《み》に…

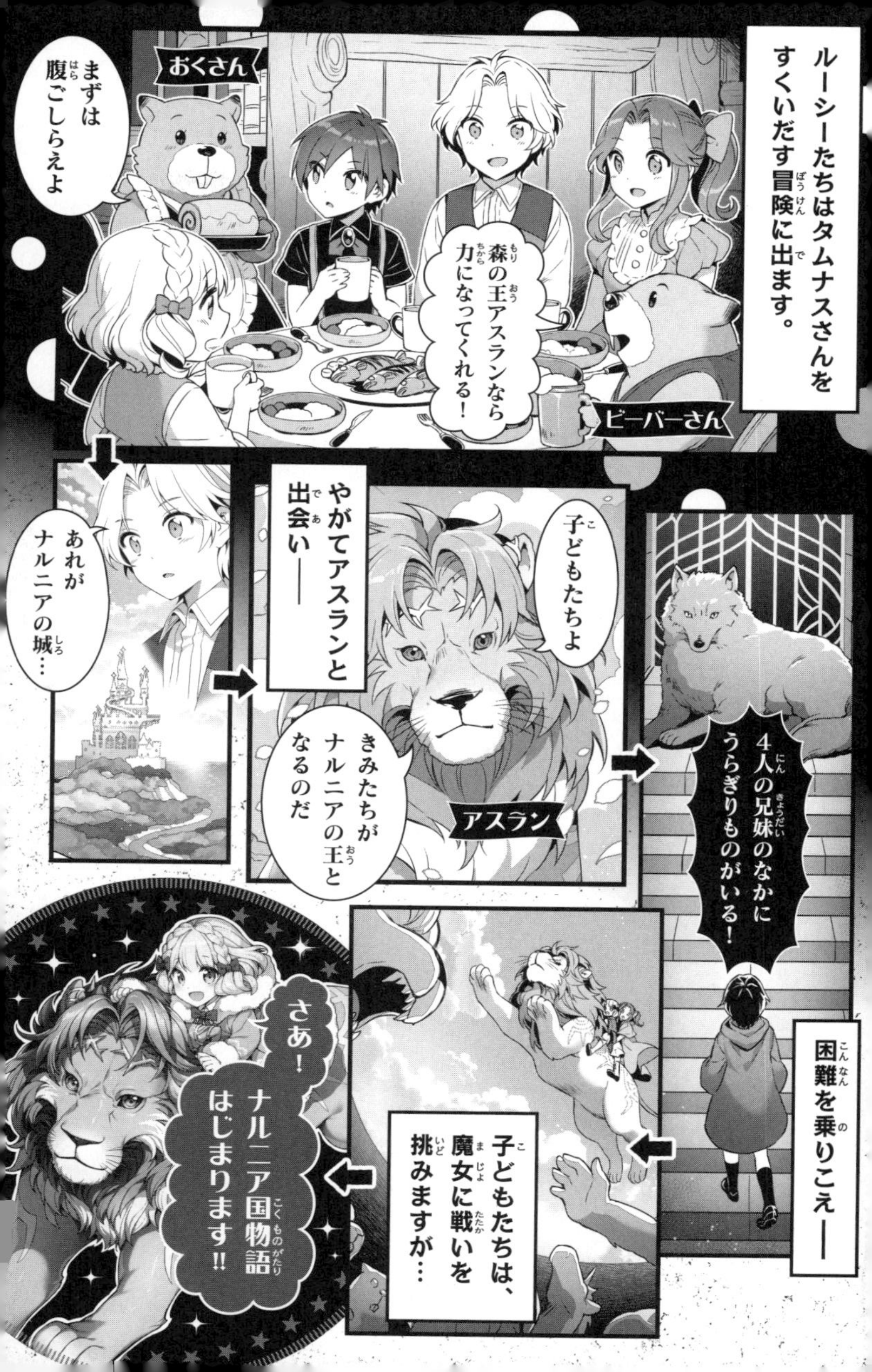
ルーシーたちはタムナスさんをすくいだす冒険《ぼうけん》に出《で》ます。
森《もり》の王《おう》アスランなら力《ちから》になってくれる！
まずは腹《はら》ごしらえよ
おくさん
ビーバーさん
あれがナルニアの城《しろ》…
やがてアスランと出会《であ》い――
子《こ》どもたちよ
きみたちがナルニアの王《おう》となるのだ
アスラン
4人《にん》の兄妹《きょうだい》のなかにうらぎりものがいる！
困難《こんなん》を乗《の》りこえ――
子《こ》どもたちは、魔女《まじょ》に戦《たたか》いを挑《いど》みますが…
さあ！ナルニア国物語《こくものがたり》はじまります!!

キャラクター紹介《しょうかい》

ルーシー

いちばん下《した》の妹《いもうと》。ナルニアへの扉《とびら》をあける。

エドマンド

下《した》から二番《ばん》めのひねくれもの。最初《さいしょ》に白《しろ》の魔女《まじょ》と出会《であ》う。

アスラン

聖《せい》なる森《もり》の王《おう》で、最強《さいきょう》のライオン。

スーザン

上《うえ》から二番《ばん》めのやさしいおねえさん。

アスランと4人《にん》の兄妹《きょうだい》（アダムとイブの子《こ》どもたち）

ピーター

たよりになる長男《ちょうなん》。エドマンドから嫌《きら》われている。

白《しろ》の魔女《まじょ》

自称《じしょう》「ナルニアの女王《じょおう》」。四人《にん》の命《いのち》をねらう。

タムナスさん

こしから下《した》がヤギのフォーン。ルーシーと友《とも》だちになる。

ビーバーさん

タムナスさんの友人《ゆうじん》。四人《にん》をたすけてくれた。

教授《きょうじゅ》

四人《にん》をあずかった、ふうがわりなおじいさん。

もくじ

1 ルーシー、洋服《ようふく》だんすのなかへ

むかし、ピーター、スーザン、エドマンド、ルーシーという名前《なまえ》の四人《にん》の子《こ》どもがおりました。これからお話《はな》しするのは、戦時中《せんじちゅう》、この四人《にん》のきょうだいが空襲《くうしゅう》をのがれて、ロンドンから遠《とお》くはなれた疎開先《そかいさき》にやってきたときに起《お》こった物語《ものがたり》です。

きょうだいがあずけられたのは、年老《としお》いた教授《きょうじゅ》のおやしきでした。もよりの駅《えき》から十六キロもはなれていて、いちばん近《ちか》い郵便局《ゆうびんきょく》に行《い》くのに三キロも歩《ある》かなければいけないという、たいへんな田舎《いなか》でした。教授《きょうじゅ》にはおくさんがおらず、とても大《おお》きなおやしきに、家政婦《かせいふ》さんのマクリーディさんと、三人《にん》のお手伝《てつだ》いさんといっしょに住《す》んでいました。（お手伝《てつだ》いさんの名前《なまえ》はアイビー、マーガレット、ベティといいますが、このお話《はなし》にはあまり出《で》てきません。）

教授《きょうじゅ》はとてもお年《とし》をめしていらして、頭《あたま》はもちろん、顔《かお》までぼさぼさの白髪《しらが》でおおわれていました。子《こ》どもたちは教授《きょうじゅ》のことがすぐに好《す》きになりましたが、最初《さいしょ》の晩《ばん》、子《こ》どもたちを出《で》むかえに玄関《げんかん》に出《で》ていらした教授《きょうじゅ》が、あんまりふうがわりだったものですから、いちばん小《ちい》さなルーシ

ーは少《すこ》しこわくなってしまいましたし、下《した》から二番《ばん》めのエドマンドは笑《わら》いたくなって、それをごまかすのにずっとはなをかむふりをしていなければなりませんでした。

おやしきに着《つ》いた最初《さいしょ》の日《ひ》の晩《ばん》、教授《きょうじゅ》におやすみなさいを言《い》って二階《かい》にあがったとたん、男《おとこ》の子《こ》たちは女《おんな》の子《こ》たちの寝室《しんしつ》にやってきて、みんなでこんな話《はなし》をしました。

「やったね、こいつはいいぞ」と、お兄《にい》さんのピーターが言《い》いました。「すごいな。あのおじいちゃん、ぼくらの好《す》きなようにやらせてくれそうだ。」

「どうやら、いい人《ひと》のようだわね」と、お姉《ねえ》さんのスーザンも言《い》いました。

「ちぇ、やめろよ！　そんな言《い》いかた、するなって！」

そう言《い》ったのは、弟《おとうと》のエドマンドです。つかれているのに見栄《みえ》を張《は》ってへっちゃらなふりをしています。そんなときエドマンドは決《き》まって不《ふ》きげんでつっけんどんになるのです。

「どんな言《い》いかた？」と、スーザン。「ともかく、あなたはもう寝《ね》る時間《じかん》よ。」

「お母《かあ》さんみたいな言《い》いかたしてさ」と、エドマンド。「ぼくに寝《ね》ろだなんて、なにさまのつもりだい。お姉《ねえ》ちゃんこそ、寝《ね》ればいいじゃないか。」

「みんな寝《ね》たほうがいいんじゃなぁい？」と、妹《いもうと》のルーシーが言《い》いました。「ここでおしゃべりしてるのが聞《き》こえたら、しかられちゃう。」

「だいじょうぶさ」と、ピーターが言《い》いました。「この家《いえ》じゃあ、だれもぼくらのすることなんか気《き》にしちゃいないよ。どうせ、聞《き》こえやしないしね。ここから下《した》の食堂《しょくどう》まで行《い》くのに十分《じっぷん》はかかるし、とちゅうに階段《かいだん》や廊下《ろうか》がどれだけあるかわからないくらいなんだから。」

「あの音《おと》、なあに？」ふいにルーシーが、たずねました。

こんなにとてつもなく大《おお》きな家《いえ》ははじめてでしたし、長《なが》い廊下《ろうか》がずっとつづいていて、どのドアをあけてもがらんとした部屋《へや》があると考《かんが》えただけで、ルーシーはなんだかこわくなってしまったのでした。

「ただの鳥《とり》だよ、ばかだな」と、エドマンド。

「フクロウだ」と、ピーター。「ここは、鳥《とり》にはすばらしいところだろうな。さて、ぼくはもう寝《ね》るよ。そうだ、あしたは探検《たんけん》しに出《で》かけよう。こんなところには、いろんな生《い》き物《もの》がいるだろうよ。来《く》るとちゅうの山《やま》を見《み》たろ？　それと、森《もり》も？　ワシがいるだろうな。シカもいるね。タカも。」

「アナグマも！」と、ルーシー。

「キツネも！」と、エドマンド。

「ウサギさんも！」と、スーザン。

ところが、翌朝《よくあさ》になってみると、ざあざあ降《ぶ》りの雨《あめ》で、窓《まど》の外《そと》を見《み》ても、山《やま》や森《もり》どころか、庭《にわ》に水《みず》が流《なが》れているようすさえ見《み》えないのでした。

「ちぇ、そりゃあどうせ雨降《あめふ》りだろうよ！」と、エドマンドは言《い》いました。

それは、みんなが教授《きょうじゅ》といっしょに朝《あさ》ごはんをいただいたあと、子《こ》ども部屋《べや》として使《つか》いなさいと言《い》われた部屋《へや》にあがってきたときのことでした。天井《てんじょう》の低《ひく》い細長《ほそなが》い部屋《へや》で、窓《まど》がふたつならんでいて、別《べつ》の壁《かべ》にも窓《まど》がふたつありました。

「ぶつぶつ言《い》わないの、エド」と、スーザン。「きっと一時間《じかん》もすれば晴《は》れるわよ。それまでにやることなら、いろいろあるわ。ラジオもあるし、本《ほん》だってどっさり。」

「それよりも、ぼくは、家《いえ》のなかを探検《たんけん》するぞ」と、ピーターが言《い》いました。

これにはみんな大賛成《だいさんせい》でした。こうしていよいよ、あの冒険《ぼうけん》がはじまったのです。

どこまで行《い》っても行《い》きどまりにならないくらい大《おお》きな家《いえ》でしたから、思《おも》いもよらない場所《ばしょ》があちこちにありました。

手《て》はじめに、いくつかドアをあけてみたら、なんてことはないお客《きゃく》さま用寝室《ようしんしつ》だったりしましたが、そのうちに、ずらりと絵《え》がならんでかかっている、ずいぶん細長《ほそなが》い部屋《へや》に出《で》て、そこには、よろいかぶとが、ひとそろい立《た》ててありました。そのつぎの部屋《へや》には、ぐるりと一面《いちめん》に緑《みどり》のかべ紙《がみ》がはってあって、すみにハープ（竪琴《たてごと》）が置《お》いてありました。

その先《さき》の三段《だん》の階段《かいだん》をおりてから五段《だん》あがると、二階《かい》の小《ち》さな廊下《ろうか》に出《で》て、そこにならぶドアのひとつはバルコニーに通《つう》じており、ほかのドアをあけると、ひとつづきの部屋《へや》に出《で》ました。部屋《へや》から部屋《へや》へドアでつながっているのです。どの部屋《へや》にも本《ほん》がぎっしりならんでいました。たいていはかなり古《ふる》い本《ほん》で、教会《きょうかい》にある聖書《せいしょ》より大《おお》きな本《ほん》も何冊《なんさつ》かありました。

そのすぐあとにのぞいた部屋《へや》は、がらんとしていて、大《おお》きな洋服《ようふく》だんすが一棹《ひとさお》あるきりでした。とびらの内側《うちがわ》に鏡《かがみ》がついている古《ふる》いタイプのたんすです。その部屋《へや》には、ほかに、なんにもありませんでした。ただ、窓《まど》の下枠《したわく》にアオバエの死骸《しがい》があるきりでした。

「なんにもなし！」

ピーターが言《い》って、みんなはまたぞろぞろと部屋《へや》を出《で》ていきました。ルーシーをひとりのこして。ルーシーがとどまったのは、たんすのとびらをあけてみたらどうかしらと思《おも》ったからです。どうせ、かぎがかかっているに決《き》まっているでしょうけれど。

ところが、おどろいたことに、とびらは、すんなりあくではありませんか。あけたひょうしに、虫《むし》よけのしょうのう（防虫剤《ぼうちゅうざい》）の玉《たま》がふたつ、ころころところがり出《で》てきました。なかをのぞいてみると、コートが何着《なんちゃく》もつりさがっていました。たいていは長《なが》い毛皮《けがわ》のコート

です。ルーシーは、毛皮《けがわ》のにおいをかいだり、さわったりするのが大好《だいす》きでした。ですから、さっとたんすのなかに足《あし》をふみ入《い》れると、コートのあいだに入《はい》って、顔《かお》をすりつけてみました。もちろん、とびらはあけっぱなしにしたままです。だって、たんすのなかに閉《と》じこめられたりしたら、おばかさんですからね。

さらにおくへ入《はい》ってみると、手前《てまえ》のコートの列《れつ》のむこうに、もう一列《れつ》コートがならんでいるのに気《き》づきました。そこまで来《く》ると、もうまっ暗《くら》でしたから、たんすのおくにおでこをぶつけないように、手《て》を前《まえ》につき出《だ》しておきました。もう一歩《ぽ》ふみこみ――さあ、もう今《いま》にも指先《ゆびさき》がたんすのうしろの板《いた》にさわるわと思《おも》いながら、さらに二、三歩《ぽ》おくへ入《はい》っていきました。

けれども、いつまでたっても、なんにもさわりません。

「ものすごく大《おお》きなたんすなんだわ！」

ルーシーは、やわらかなコートをかきわけながら、どんどんおくに進《すす》みました。すると、足《あし》の下《した》でなにかザクザクふみしめているような感《かん》じがありました。

「虫《むし》よけの玉《たま》かな？」

そう思《おも》って、かがんでさわってみました。でも、足《あし》もとにあったのは固《かた》くてつるつるのたんすの木《き》の床《ゆか》ではなく、ふわふわ、さらさらとしていて、すごく冷《つめ》たいものでした。

「あれえ、おかしいな。」

ルーシーは、もう一、二歩《ほ》、おくへ進《すす》んでみました。

つぎの瞬間《しゅんかん》、顔《かお》や手《て》にふれているのは、やわらかな毛皮《けがわ》ではなく、固《かた》くてごつごつして、チクチクさえするものだとわかりました。

「まあ、木《き》の枝《えだ》みたい！」

ルーシーはさけびました。

そのとき、前《まえ》のほうに光《ひかり》が見《み》えました。たんすのおくの板《いた》があるはずの数《すう》センチ先《さき》ではなく、それよりもずっとむこうのほうでなにかが光《ひか》っているのです。冷《つめ》たくてふわふわしたものがルーシーに降《ふ》りかかっています。

気《き》づいてみると、ルーシーは真夜中《まよなか》の森《もり》のなかに立《た》っていて、足《あし》もとには雪《ゆき》がつもり、空《そら》から雪《ゆき》が降《ふ》っているのでした。

ルーシーは少《すこ》しこわいとは思《おも》いましたが、これはいったいどういうことかしらと知《し》りたくてたまらなくなって、わくわくしてきました。

肩《かた》ごしにふりかえると、暗《くら》い木々《きぎ》の幹《みき》のあいだから、あけっぱなしのたんすのとびらがまだ見《み》えていましたし、たんすがあったがらんとした部屋《へや》さえ、ちらりと見《み》ることができました。（もちろん、とびらはあけてきたんでしたね。たんすのなかから出《で》られなくなったりしたら、ほんとにおばかさんですもの。）たんすのむこうは、あいかわらず昼間《ひるま》のようでした。

「なにかへんなことになったら、いつでも帰《かえ》れるわ。」

ルーシーは、そう思《おも》うと、ザクザクと雪《ゆき》をふみしめながら進《すす》み、前《まえ》のほうにある光《ひかり》にむかって森《もり》のなかを歩《ある》いていきました。

十分《じっぷん》ほどすると、光《ひかり》のところに着《つ》きました。それは街灯《がいとう》の明《あ》かりでした。ルーシーは街灯《がいとう》を見《み》あげながら、どうして森《もり》のまんなかに街灯《がいとう》があるのかしらとふしぎに思《おも》いました。これからどうしようかなと考《かんが》えていると、パタ、パタ、とこちらへ近《ちか》づいてくる足音《あしおと》が聞《き》こえてきました。やがて、森《もり》のなかから街灯《がいとう》の光《ひかり》のなかへあらわれたのは、まったくふしぎなひとでした。

そのひとは、ルーシーよりほんの少《すこ》しだけ背《せ》が高《たか》くて、かさを手《て》にしていました。かさの上《うえ》にはまっ白《しろ》に雪《ゆき》がつもっています。こしから上《うえ》は人間《にんげん》のようでしたが、あしはヤギのあしそっくりで、つやつやと黒《くろ》い毛《け》が生《は》えていました。そしてなんと、足先《あしさき》はヤギのひづめになっていました。

しっぽもありましたが、ルーシーには最初《さいしょ》しっぽがあるとわかりませんでした。というのも、しっぽは、雪《ゆき》の上《うえ》を引《ひ》きずらないように、かさを持《も》っているほうの腕《うで》にきちんとかけてあったからです。首《くび》には赤《あか》いウール（毛糸《けいと》）のマフラーが巻《ま》かれ、はだもかなり赤《あか》みがかっていました。

そのふうがわりな、かわいい小《ちい》さな顔《かお》には、短《みじか》くとがったあごひげが生《は》えていて、巻《ま》き毛《げ》の頭《あたま》からは二本《ほん》の角《つの》が顔《かお》を出《だ》していました。額《ひたい》の両側《りょうがわ》に角《つの》が生《は》えていたのです。片方《かたほう》の手《て》には、さっき言《い》ったように、かさを持《も》っていましたが、もう片方《かたほう》の手《て》には茶色《ちゃいろ》の小包《こづつみ》をいくつかかかえていました。雪道《ゆきみち》で小包《こづつみ》をかかえているようすを見《み》ると、いかにもクリスマスのお買《か》い物《もの》をしてきたところのように見《み》えました。

このひとは、フォーン（こしから下《した》がヤギの、神話《しんわ》に出《で》てくる人物《じんぶつ》）でした。そして、ルーシーを見《み》ると、びくっとしたあまり、持《も》っていた小包《こづつみ》をぜんぶ落《お》っことしてしまいました。

「うわあ、びっくりした！」

フォーンは、すっとんきょうな声《こえ》をあげました。

2 タムナスさんのお茶会《ちゃかい》

「こんばんは」と、ルーシーは言《い》いました。

でも、そのひとは小包《こづつみ》をひろうのに大《おお》いそがしで、最初《さいしょ》は返事《へんじ》をしてくれませんでした。ひろいおえると、フォーンはルーシーにひょいと頭《あたま》をさげました。

「こんばんは、こんばんは。」フォーンは言《い》いました。「失礼《しつれい》ですが――あれこれうかがおうというわけではないのですが――あなたはひょっとすると、イブのむすめさんじゃないでしょうか。」

「あたしの名前《なまえ》はルーシーよ。」

相手《あいて》がなにを言《い》っているのかよくわからないまま、ルーシーは答《こた》えました。

「でも、あなたは――失礼《しつれい》ですが――あのぅ、いわゆる、女《おんな》の子《こ》、ではありませんか？」

フォーンはルーシーにたずねました。

「もちろん、女《おんな》の子《こ》よ。」

「じゃあ、人間《にんげん》なんですね？」

「もちろん、人間《にんげん》よ。」

まだ少《すこ》しわけのわからないまま、ルーシーは答《こた》えました。

「そりゃそうですね、そりゃそうですね」と、フォーン。「おろかなことを申《もう》しました。これまで、アダムのむすこさんにも、イブのむすめさんにも、お目《め》にかかったことがなかったものですから。じつにうれしい。それに――」

そのときフォーンは、なにか言《い》ってはいけないことを言《い》いかけて、あぶないところでそれに気《き》づいたかのように、言葉《ことば》を切《き》りました。

「いやあ、うれしい、うれしい。」フォーンはつづけました。「自己紹介《じこしょうかい》させてください。ぼくは、タムナスと申《もう》します。」

「お会《あ》いできてうれしいわ、タムナスさん」と、ルーシー。

「ひとつおたずねしてもよろしいでしょうか、イブのむすめのルーシーさん」と、タムナスさんは言《い》いました。「ナルニアへはどうやっていらっしゃったのですか?」

「ナルニア? なあに、それ?」

「ここはナルニアの国《くに》なんです、今《いま》いるここが。この街灯《がいとう》から、東《ひがし》の海《うみ》のケア・パラベルという大《おお》きなお城《しろ》にいたるまで、ぜんぶナルニアなんです。あなたは――西《にし》の荒《あ》れた森《もり》からいらしたのですか？」

「あたし──あたし、空《あ》き部屋《べや》にある洋服《ようふく》だんすを通《とお》ってきたのよ」と、ルーシーは答《こた》えました。

「ああ！　子《こ》どものころに地理《ちり》をもっと勉強《べんきょう》しておけばよかった。」タムナスさんは、とてもゆううつそうな声《こえ》で言《い》いました。「そういった外国《がいこく》のことを知《し》っているべきでしたが、今《いま》となってはもうおそい。」

「あら、たんすは国《くに》なんかじゃないのよ。」ルーシーは、笑《わら》いだしそうになりながら言《い》いました。「つい、この裏《うら》にあるの──と思《おも》うけど──よくわかんない。むこうは夏《なつ》なの。」

「ところが、ナルニアは冬《ふゆ》。ずいぶん長《なが》いあいだ冬《ふゆ》のままです。さあ、こんな雪《ゆき》のなかで立《た》ち話《ばなし》なんてしていたら、かぜをひいてしまいます。永遠《えいえん》の夏《なつ》が支配《しはい》する遠《とお》い国《くに》《アキベヤー》にある、かがやける都市《とし》《ヨウ・フクダンス》からいらしたイブのむすめさん、ぼくのうちでお茶《ちゃ》をめしあがりませんか？」

「どうもありがとうございます、タムナスさん。でも、もう、おうちに帰《かえ》らなくちゃ。」

「その角《かど》を曲《ま》がってすぐなんですよ、ぼくのうちは。それに、あったかいだんろの火《ひ》も燃《も》えてますし──トーストも──油《あぶら》づけいわしも──ケーキもあります。」

「それは、ご親切《しんせつ》にありがとうございます。じゃあ、ちょっとだけ。」

「ぼくの腕《うで》をお取《と》りくだされば、イブのむすめさん」と、タムナスさんは言《い》いました。「ふたりでかさに入《はい》っていけます。そう、それでいいです。さあ――行《い》きましょう。」

こうしてルーシーは、このふしぎな生《い》き物《もの》と、まるで幼《おさな》なじみであるかのように腕《うで》を組《く》んで、森《もり》のなかを歩《ある》いていきました。

あまり進《すす》まないうちに、地面《じめん》がごつごつして、岩《いわ》がごろごろしているところへ出《で》て、それから小《ちい》さな丘《おか》をいくつかのぼったりおりたりしました。ある小《ちい》さな谷底《たにぞこ》へおりると、タムナスさんは急《きゅう》に曲《ま》がって、とてつもなく大《おお》きな岩《いわ》に、まるでそのまま入《はい》っていくかのように歩《ある》いていきました。「あ、ぶつかる」という最後《さいご》の瞬間《しゅんかん》に、そこがほら穴《あな》の入《い》り口《ぐち》なのだとルーシーにはわかりました。タムナスさんは、ルーシーをそのなかへ案内《あんない》しようとしてくれていたのです。

なかに入《はい》るとすぐ、燃《も》えさかるたきぎの明《あ》かりがまぶしくて、ルーシーは目《め》をしばたたきました。タムナスさんは、かがんで、小《ちい》さな火《ひ》ばしで、燃《も》えているたきぎを一本《ぽん》取《と》り出《だ》すと、ランプに火《ひ》をともしました。

「すぐですからね。」

そう言《い》うと、タムナスさんは、さっと、やかんを火《ひ》にかけました。

ルーシーは、こんなにすてきなところには来《き》たことがないと思《おも》いました。

赤《あか》みがかった岩《いわ》でできた小《ちい》さなほら穴《あな》は、かわいていて、きれいにしてありました。じゅうたんのしかれた床《ゆか》に、小《ちい》さないすがふたつありました。（「ひとつはぼくの、もうひとつはお客《きゃく》さま用《よう》」と、タムナスさんは言《い》いました。）それから、テーブルがあり、食器《しょっき》だながあり、だんろのかざりだな《マントルピース》があり、その上《うえ》のほうには白《しろ》ひげを生《は》やした年老《としお》いたフォーンの絵《え》がかかっていました。部屋《へや》のすみにあるドアは、きっとタムナスさんの寝室《しんしつ》に通《つう》じているんだろうと、ルーシーは思《おも》いました。

かべの本《ほん》だなには本《ほん》がぎっしりつまっていました。タムナスさんがお茶《ちゃ》のしたくをしているあいだ、ルーシーは本《ほん》をながめてみました。『森《もり》の精《せい》シレノスの生涯《しょうがい》と書簡《しょかん》』、『妖精《ニンフ》とその伝統《でんとう》』、『人間《にんげん》、僧侶《そうりょ》、森番《もりばん》――民間伝説研究《みんかんでんせつけんきゅう》』、『人間《にんげん》は伝説上《でんせつじょう》の生《い》き物《もの》か？』といった本《ほん》がならんでいました。

「さあどうぞ、イブのむすめさん！」フォーンが言《い》いました。

それは本当《ほんとう》にすばらしいお茶《ちゃ》の時間《じかん》でした。

おいしい茶色《ちゃいろ》の半熟卵《はんじゅくたまご》がふたりそれぞれに一個《こ》ずつあって、油《あぶら》づけいわしをのせたトーストをいただくと、つぎにバターをぬったトーストが出《で》て、そのつぎはハチミツをぬったトーストが出《で》て、そのうえ砂糖《さとう》のかかったケーキまで出《で》てきました。

ルーシーがもう食《た》べるのはけっこうと言《い》うと、タムナスさんはお話《はなし》をしてくれました。森《もり》の生《い》き物《もの》についてのすばらしいお話《はなし》です。

真夜中《まよなか》のフォーンたちのおどりの話《はなし》や、泉《いずみ》に住《す》む妖精《ニンフ》たちや森《もり》に住《す》む木《き》の精《せい》ドリュアスたちが出《で》てきてフォーンたちのおどりにくわわった話《はなし》とか、つかまえたら願《ねが》い事《ごと》をかなえてくれるというまっ白《しろ》なシカを追《お》って、長《なが》い隊列《たいれつ》を組《く》んで狩《か》りをした話《はなし》とか、森《もり》のはるか地下《ちか》にある深《ふか》い坑道《こうどう》やほら穴《あな》に住《す》む荒々《あらあら》しい〝赤《あか》いこびとたち〟といっしょにパーティーや宝《たから》探《さが》しをした話《はなし》などをしてくれたのです。

それから、森《もり》じゅうが緑《みどり》となる夏《なつ》には、老《お》いた森《もり》の精《せい》シレノスが太《ふと》ったロバに乗《の》ってフォーンのところへやってきて、酒《さけ》の神《かみ》バッコスも来《き》たりすると、森《もり》じゅうの小川《おがわ》に、水《みず》ではなくて酒《さけ》が流《なが》れて、森《もり》のみんなは何《なん》週間《しゅうかん》にもわたってお祝《いわ》いをしたものだと語《かた》ってくれました。

「今《いま》じゃ、いつまでも冬《ふゆ》になってしまいましたがね。」

タムナスさんは、むっつりとつけくわえました。それから、自分《じぶん》で自分《じぶん》を元気《げんき》づけるために、食器《しょっき》だなにあった箱《はこ》から、わらでできているような、ふしぎな小《ちい》さな横笛《よこぶえ》を取《と》り出《だ》して、ふきはじめました。

そのメロディーを聞《き》くと、ルーシーは泣《な》きたいような、笑《わら》いたいような、おどりだしたいような、しかもねむたいような気分《きぶん》に、いっぺんになってしまいました。はっと気《き》がついて、タムナスさんに声《こえ》をかけたときには、もう何時間《なんじかん》もたっていたにちがいありません。

「ああ、タムナスさん――ごめんなさい、その曲《きょく》は大好《だいす》きなんだけど――でも、ほんと、あたし、おうちに帰《かえ》らなくちゃ。ほんのちょっとだけのつもりだったのに。」

「今《いま》となっては、もうだめですよ。」

フォーンは笛《ふえ》を置《お》いて、ルーシーにむかってとても悲《かな》しそうに首《くび》をふりながら言《い》いました。

「だめですって？」

ルーシーはとてもこわくなって、飛《と》びあがりました。

「どういうこと？　いそいでおうちに帰《かえ》らなきゃ。みんな、あたしのこと、心配《しんぱい》してるわ。」

でも、ルーシーは、そのあとすぐに、「タムナスさん！　いったいぜんたい、どうしたの？」と、たずねることになりました。だって、タムナスさんの茶色《ちゃいろ》の目《め》にはうるうると涙《なみだ》がいっぱいうかんでいて、やがてその涙《なみだ》がほおを伝《つた》って流《なが》れはじめ、鼻《はな》の先《さき》からぽたぽたしたたり落《お》ちて、とうとうタムナスさんは顔《かお》を両手《りょうて》にうずめて、おいおいと泣《な》きだしてしまったのですから。

「タムナスさん！　タムナスさん！」

ルーシーは、こまりきって言《い》いました。

「泣《な》かないで！　泣《な》かないで！　どうしたの？　だいじょうぶ？　ねえ、タムナスさん！　どうしたのか教《おし》えて。」

でも、タムナスさんは、胸《むね》が張《は》りさけんばかりに泣《な》きつづけました。ルーシーがタムナスさんのところへ行《い》って、その体《からだ》に腕《うで》をまわして、ハンカチを貸《か》してあげても、泣《な》きやみませんでした。タムナスさんは、ただハンカチを受《う》けとると、それでひたすら涙《なみだ》をぬぐい、びしょびしょで使《つか》いものにならなくなると、両手《りょうて》でぎゅっとしぼるものですから、あっというまにルーシーの立《た》っているあたりは水《みず》びたしになってしまいました。

ルーシーは耳《みみ》もとで大声《おおごえ》を出《だ》して、タムナスさんをゆさぶりました。

「タムナスさん！　ねえ、泣《な》かないで！　さあ、すぐ泣《な》くのをやめなさい！　はずかしくないの、大《おお》きなフォーンのくせして。いったい、なにを泣《な》いてるの？」

「ええん——ええん——ええん！」タムナスさんは、すすりあげました。「ぼく、悪《わる》いフォーンだから、泣《な》いているんですよぉ。」

「あなたは、ぜんぜん悪《わる》いフォーンなんかじゃないわ。あなたは、とってもいいフォーンよ。あなたみたいなすてきなフォーンに、あたし、会《あ》ったことないもの。」

「ええん――ええん――もし、ごぞんじだったら、そうは、おっしゃらない、でしょう。」

タムナスさんは、むせび泣《な》きながら答《こた》えました。

「ぼくは悪《わる》いフォーンなんです。世界《せかい》がはじまって以来《いらい》、こんな悪《わる》いフォーンは、いなかったと思《おも》います。」

「だけど、なにをしたっていうの？」ルーシーは、たずねました。

「ぼくの老《お》いた父《ちち》は、ほら、」と、タムナスさん。「あそこのだんろのかざり《マントルピース》だなの上《うえ》の絵《え》がそうですが、父《ちち》だったら、こんなことは決《けっ》してしなかったでしょう。」

「こんなことって？」

「ぼくがしたようなことです。白《しろ》の魔女《まじょ》につかえるということです。そうです。ぼくは、白《しろ》の魔《ま》女《じょ》の手下《てした》にさせられているんです。」

「白《しろ》の魔女《まじょ》？　だあれ、それ？」

「だれって、ナルニアじゅうを思《おも》いどおりにしているやつですよ。ずっと冬《ふゆ》のままなのも、あいつのせいです。ずっと冬《ふゆ》なのに、クリスマスは来《こ》ない。ひどいでしょう！」

「それはひどいわ！　でも、そんな人《ひと》のために、あなた、なにをしてるの？」

「そこが、いちばんひどいところなんです。」

タムナスさんは、低《ひく》いうめき声《ごえ》をあげて言《い》いました。

「ぼくは魔女《まじょ》につかえる人《ひと》さらいなんです。それがぼくの正体《しょうたい》なんです。ぼくをごらんなさい、イブのむすめさん。このぼくが、かわいそうな罪《つみ》のない子《こ》どもと森《もり》のなかで会《あ》って、ぼくになんの悪《わる》いこともしていないその子《こ》と友《とも》だちになるふりをして、自分《じぶん》のほら穴《あな》に招待《しょうたい》するのは、ただその子《こ》をねむらせ、白《しろ》の魔女《まじょ》にさし出《だ》すためだなんて、ぼくがそんなことをするようなフォーンだと信《しん》じられますか？」

「信《しん》じられないわ。あなたは、そんなこと、絶対《ぜったい》しないと思《おも》うわ。」

「でも、したんです。」

「だったら――」

ルーシーは、とてもゆっくりと言《い》いました。（だって、本当《ほんとう》のことが言《い》いたかったけれど、タムナスさんの気持《きも》ちを傷《きず》つけたくはありませんでしたからね。）

「だったら、それはとてもいけないことだわ。でも、あなたは悪《わる》かったと思《おも》っているんだから、もう二度《にど》としないでしょ。」

「イブのむすめさん、おわかりにならないのですか？　むかしやったことを話《はな》しているんじゃないんです。今《いま》、まさにこの瞬間《しゅんかん》に、しているんです。」

「それって、どういうこと？」

ルーシーは、まっ青《さお》になってさけびました。

「あなたがその子《こ》どもなんですよ。」

タムナスさんは、言《い》いました。

「ぼくは、森《もり》でアダムのむすこかイブのむすめをみつけたら、つかまえて引《ひ》きわたすようにという命令《めいれい》を、白《しろ》の魔女《まじょ》から受《う》けているんです。そして、あなたが、ぼくが会《あ》った最初《さいしょ》の人間《にんげん》の子《こ》どもなんだ。だから、ぼくはあなたの友《とも》だちになったふりをして、お茶《ちゃ》にさそい、あなたがねむりこけるまで待《ま》ってから、魔女《まじょ》のところに教《おし》えに行《い》こうとしていたんです。」

「でも、そんなこと、しないでしょ、タムナスさん」と、ルーシー。「しないわよね？　ほんと、ほんとにそんなこと、しちゃいけないわ。」

すると、タムナスさんは、また泣《な》きだしながら言《い》いました。

「そうしないと、かならずばれて、ぼくはしっぽをちょん切《ぎ》られ、角《つの》を切《き》り落《お》とされ、ひげをぬかれ、ぼくのこのきれいに割《わ》れたひづめの上《うえ》で魔法《まほう》の杖《つえ》をふられて、駄馬《だば》のおぞましい固《かた》いひづめみたいなものに変《か》えられてしまうんだ。それに、魔女《まじょ》がいつもより怒《おこ》っていたら、ぼくは石《いし》に変《か》えられて魔女《まじょ》の家《いえ》に石像《せきぞう》として飾《かざ》られてしまう。ずうっといつまでも、ケア・パラベルの四つの玉座《ぎょくざ》がうまるまで。そんなの、いつのことになるか、だれにもわからないし、そんなことが起《お》こるかどうかさえわかったもんじゃないのに。」

「それは本当《ほんとう》にお気《き》のどくだとは思《おも》うけれど、タムナスさん、」と、ルーシー。「どうか、おうちに帰《かえ》らせてちょうだい。」

「もちろん、そうします。もちろん、そうしなくちゃいけない。ようやく、それがわかりました。あなたにお会《あ》いするまで、人間《にんげん》がどのようなものか、知《し》らなかったんです。もちろん、あなたを魔女《まじょ》に引《ひ》きわたしたりはできません。あなたとお知《し》りあいになった今《いま》となっては、ね。でも、すぐに出《で》かけなきゃ。あなたを街灯《がいとう》のところまでご案内《あんない》しましょう。そこから、《アキベヤー》国《こく》の《ヨウ・フクダンス》町《ちょう》への道《みち》はおわかりになりますね?」

「わかると思《おも》うわ」と、ルーシー。

「できるかぎり、そっとまいりましょう。森《もり》じゅう、あいつのスパイだらけですからね。木《き》のなかにだって、あいつの味方《みかた》をするやつがいるんです。」

ふたりは立《た》ちあがり、お茶《ちゃ》のカップやお皿《さら》をそのままテーブルにのこして、タムナスさんの家《いえ》を出《で》ました。

タムナスさんはもう一度《いちど》かさをさして、ルーシーに腕《うで》を貸《か》し、ふたりは雪《ゆき》のなかへ出《で》ていきました。

帰《かえ》りは、このほら穴《あな》にやってきたときとは、てんでちがいました。ひとことも口《くち》をきかずに、そそくさと、できるかぎりの早足《はやあし》で歩《ある》いたのです。タムナスさんはいちばん暗《くら》いところばかり歩《ある》きました。ルーシーは、またあの街灯《がいとう》のところまで来《く》ると、ほっとしました。

「ここから先《さき》の帰《かえ》り道《みち》はわかりますか、イブのむすめさん？」と、タムナスさんは言《い》いました。

木々《きぎ》のあいだから目《め》をこらしてみると、遠《とお》くに昼間《ひるま》の光《ひかり》のような木《こ》もれ日《び》が見《み》えました。

「ええ」と、ルーシーは言《い》いました。「洋服《ようふく》だんすのとびらが見《み》えるわ。」

「では、できるだけ早《はや》くおうちにお帰《かえ》りなさい。そして――もしできたら、ぼくがしようとしたことを、ゆ、ゆるしてくださいますか？」

「それはもちろんよ。」

ルーシーはフォーンと心《こころ》をこめてあくしゅして言《い》いました。

「あたしのせいで、あなたがひどい目《め》にあわなければいいけど。」

「さようなら、イブのむすめさん。もしかして、このハンカチ、もらってもいいでしょうか？」

「どうぞどうぞ！」

ルーシーはそれだけ言《い》って、かなたにある昼《ひる》の光《ひかり》にむかって、全速力《ぜんそくりょく》で走《はし》りだしました。

すると、やがてごつごつした枝《えだ》にあたる感《かん》じがなくなって、ふわふわの毛皮《けがわ》にふれ、足《あし》にはザクザクとした雪《ゆき》ではなく、つるつるの木《き》の板《いた》が感《かん》じられました。

ルーシーは、いつのまにか、たんすから飛《と》び出《だ》して、この冒険《ぼうけん》がそもそもはじまった、あのがらんとした部屋《へや》にもどっていたのです。うしろ手《で》でとびらをしっかりと閉《し》めると、ルーシーは息《いき》をぜいぜいさせながら、あたりのようすを見《み》まわしました。外《そと》はまだ雨《あめ》が降《ふ》っていて、廊下《ろうか》ではみんなの声《こえ》がしています。

「ただいま！」ルーシーは、さけびました。「ただいま。帰《かえ》ってきたわ。あたし、だいじょうぶよ！」

3 エドマンドと洋服《ようふく》だんす

がらんとした部屋《へや》から廊下《ろうか》に走《はし》り出《で》たルーシーは、ほかの三人《にん》を見《み》つけました。

「だいじょうぶよ。」もう一度《いちど》言《い》いました。「あたし、帰《かえ》ってきたの。」

「いったい、なんのこと、ルーシー？」

スーザンがたずねたので、ルーシーはびっくりしました。

「だって、あたしがどこに行《い》っちゃったんだろうって思《おも》ってたんじゃないの？」

「どうせ、かくれてたんだろ？」と、ピーター。「かわいそうなルー。かくれてたのに、だれにも気《き》づいてもらえないなんて！　みんなにさがしてもらいたかったら、もっと長《なが》くかくれてなくちゃ。」

「でも、何時間《なんじかん》も何時間《なんじかん》もいなかったのよ」と、ルーシー。

三人《にん》は顔《かお》を見《み》あわせました。

「いかれちまった！」エドマンドが自分《じぶん》の頭《あたま》を指《ゆび》の先《さき》で軽《かる》くたたいてみせながら、「すっかりいかれちまった」と言《い》いました。

「どういうことだい、ルー？」と、ピーター。

「だからね、朝《あさ》ごはんのすぐあとでたんすに入《はい》ったの。それから、あたし、何時間《なんじかん》も何時間《なんじかん》も帰《かえ》ってこなくて、お茶《ちゃ》をごちそうになったりして、いろんなことが起《お》こったの。」

「ばかなこと言《い》わないの、ルーシー」と、スーザンが言《い》いました。「私《わたし》たちがあの部屋《へや》から出《で》てきたのはついさっきのことで、それまであなたもいっしょだったじゃないの。」

「ばかなことを言《い》ってるわけじゃないよな」と、ピーター。「お話《はなし》をこしらえて楽《たの》しんでるんだろ、ルー？　おもしろいじゃないか。」

「ううん、ピーター、ちがうの」と、ルーシー。「あの――あれは魔法《まほう》のたんすなのよ。なかには森《もり》があって、雪《ゆき》が降《ふ》っていて、フォーンがいて、魔女《まじょ》がいて、ナルニアっていうところなの。見《み》に来《き》て。」

ほかのみんなはどう考《かんが》えてよいかわかりませんでしたが、とにかくルーシーがあんまり興奮《こうふん》しているので、あとについてさっきの部屋《へや》までもどってみました。

ルーシーがまっ先《さき》に部屋《へや》に飛《と》びこんで、たんすのとびらをさっとひらいてさけびました。

「ほら！　なかに入《はい》って自分《じぶん》で見《み》てみるといいわ。」

スーザンがなかに頭《あたま》をつっこんで、毛皮《けがわ》のコートをかきわけながら言《い》いました。

「なによ、おばかさんね。ふつうのたんすじゃないの。見《み》てごらんなさい！　あそこにおくの板《いた》があるわ。」

それからみんながのぞきこんで、コートをかきわけました。

そして、みんな見《み》たのです——ルーシー自身《じしん》も見《み》ました——なんの変《へん》てつもないたんすを。森《もり》もなければ、雪《ゆき》もなく、たんすのおくには板《いた》があって、板《いた》にはフック（服《ふく》やぼうしをかける鉤《かぎ》）がならんでいました。ピーターはなかへ入《はい》って、こぶしでとんとんとたたいて、板《いた》が固《かた》いことをたしかめました。

たんすから出《で》てきたピーターは言《い》いました。

「一《いっ》ぱい食《く》わせたな、ルー。すっかりひっかかったよ、やられたね、ちょっと信《しん》じかけちゃったもんな。」

「ひっかけたんじゃないの」と、ルーシー。「ほんとにほんとなの。さっきは全然《ぜんぜん》ちがってたんだもん。うそじゃないよ。約束《やくそく》する。」

「もういいよ、ルー」と、ピーター。「やりすぎだよ。みんなに一《いっ》ぱい食《く》わせたんだから、もうおわりにしたらいいじゃないか。」

ルーシーは顔《かお》をまっ赤《か》にして、なにか言《い》おうとしましたが、なんと言《い》っていいのかわからず、

わっと泣《な》きだしてしまいました。

それから数日間《すうじつかん》、ルーシーはひどく落《お》ちこんでいました。

なにもかもじょうだんでしたと言《い》う気《き》になれたら、すぐにでもみんなと仲直《なかなお》りできたのでしょうけれど、ルーシーはとても正直《しょうじき》な女《おんな》の子《こ》でしたし、自分《じぶん》が正《ただ》しいこともわかっていましたから、そんなことを言《い》う気《き》にはなれませんでした。

みんなから、ルーシーはうそをついていて、それも見《み》えすいたうそをついていると思《おも》われるのは、とてもつらいことでした。

上《うえ》のふたりのきょうだいはルーシーを悲《かな》しませるつもりはなかったのですが、ときどきいじわるをするエドマンドは、このときもいじわるをしました。ルーシーのことをあざけったりからかったりして、家《いえ》じゅうのほかの戸《と》だなに別《べつ》の新《あたら》しい国《くに》を見《み》つけたかなんて聞《き》くのです。

さらにくやしかったのは、こんなことさえなかったら楽《たの》しくすごせたはずの、いいお天気《てんき》の日《ひ》がつづいたことです。朝《あさ》から晩《ばん》まで外《そと》に出《で》て、水浴《みずあ》びをしたり、魚《さかな》つりをしたり、木《き》のぼりをしたり、野原《のはら》に寝《ね》っころがったりして、みんなは楽《たの》しんだのですが、ルーシーだけは、なにをしてもあまり楽《たの》しめませんでした。

そうこうしているうちに、つぎの雨降《あめふ》りの日《ひ》がやってきました。

その日《ひ》は、午後《ごご》になっても雨《あめ》があがるようすがなかったので、かくれんぼをすることにしました。スーザンが鬼《おに》になって、みんながかくれようとして、ぱっとちりぢりににげたとたん、ルーシーは、たんすがある部屋《へや》に入《はい》りました。

たんすのなかにかくれようと思《おも》ったわけではありません。そんなことをしたら、みんなまた、あのいやなことを話《はな》しはじめるに決《き》まっています。

でも、もう一度《いちど》だけ、なかをのぞいてみたい、とルーシーは思《おも》いました。というのも、このころには、ナルニアもフォーンも夢《ゆめ》だったのではないかしらと自分《じぶん》でも思《おも》いはじめていたからです。

おやしきはとても大《おお》きくて入《い》り組《く》んでいて、あちこちにかくれる場所《ばしょ》がありましたから、たんすをのぞいてからでも、よそにかくれる時間《じかん》はあると思《おも》ったのです。しかし、たんすの前《まえ》まで来《く》ると外《そと》の廊下《ろうか》から足音《あしおと》が聞《き》こえたものですから、どうしたってたんすに飛《と》びこんでとびらを閉《し》めるよりほかありませんでした。

けれども、とびらをぴったりと閉《し》めたりはしませんでした。だって、たとえ魔法《まほう》のたんすでないにしろ、たんすから出《で》てこられなくなったりしたら、いけませんものね。

さて、聞《き》こえてきた足音《あしおと》は、エドマンドの足音《あしおと》でした。

エドマンドは、部屋《へや》に入《はい》ってきたとき、ちょうどルーシーがたんすのなかにかくれるのが見《み》えたので、すぐに自分《じぶん》もなかに入《はい》ろうと思《おも》いました——とくにいいかくれ場所《ばしょ》だからというわけではなく、妹《いもうと》がでっちあげた国《くに》のことで、妹《いもうと》をからかってやろうと思《おも》ったのです。

エドマンドは、たんすのとびらをあけました。いつものようにコートが何着《なんちゃく》もぶらさがっていて、虫《むし》よけ玉《だま》のにおいがして、まっ暗《くら》でしんとしていて、ルーシーの姿《すがた》は見《み》えません。

「ぼくのことを、つかまえに来《き》たスーザンだと思《おも》っているんだな。それで、おくのほうでじっとしているんだろう。」

エドマンドは、たんすのなかへ飛《と》びこみ、とびらをぴたりと閉《し》めました。そんなことをするのはいけないのだと忘《わす》れてしまっていたのです。

それから、暗《くら》やみのなかで、手探《てさぐ》りでルーシーをさがしはじめました。すぐに見《み》つかると思《おも》っていたのですが、おどろいたことに、見《み》つかりません。とびらをまたあけて、光《ひかり》を入《い》れようと思《おも》ったのですが、とびらも見《み》つかりません。

これはこまったことになったと思《おも》い、あちこち無我夢中《むがむちゅう》で手探《てさぐ》りをし、大声《おおごえ》でさけびました。

「ルーシー！　ルー！　どこにいるんだ？　ここにいるのはわかっているんだぞ。」

答《こた》えはなく、エドマンドは自分《じぶん》の声《こえ》がへんなひびきかたをしていることに気《き》づきました。たんすのなかの声《こえ》ではなく、まるでひろい場所《ばしょ》での声《こえ》みたいでした。それに思《おも》いがけず寒《さむ》いことにも気《き》がつきました。と、そのとき、光《ひかり》が見《み》えました。

「よかった。とびらが自然《しぜん》にひらいたんだ。」

エドマンドは、ルーシーのことはすっかり忘《わす》れて、光《ひかり》のほうへ行《い》ってみました。たんすのとびらがひらいたとばかり思《おも》っていたのですが、がらんとした部屋《へや》におり立《た》つかわりに、こんもりした暗《くら》いモミの木々《きぎ》のかげから、森《もり》のまんなかのひらけた場所《ばしょ》へと出《で》てきたのでした。

足《あし》の下《した》にはサクサクとしたかわいた雪《ゆき》があって、木々《きぎ》の枝《えだ》にはたっぷり雪《ゆき》がつもっていました。頭上《ずじょう》には晴《は》れた冬《ふゆ》の朝《あさ》に見《み》られるような青白《あおじろ》い空《そら》がひろがっています。エドマンドのまっすぐ前《まえ》のほう、木々《きぎ》のあいだには、今《いま》まさにのぼろうとしている朝日《あさひ》がまっ赤《か》に明《あか》るく輝《かがや》いていました。

なにもかもがしーんと静《しず》まりかえっていて、まるでこの世《よ》にエドマンドひとりっきりになってしまって、ほかに生《い》き物《もの》がいないかのように思《おも》えました。木々《きぎ》にはコマドリ一羽《わ》、リス一匹《ぴき》いませんし、森《もり》は見《み》わたすかぎりどこまでもひろがっています。エドマンドは、ぶるっと体《からだ》をふるわせました。

そういえばルーシーをさがしていたんだっけ、とエドマンドは思《おも》い出《だ》しました。それに、これまで「でっちあげの国《くに》」などとからかって、ルーシーになんてひどいことをしてしまったんだろうと思《おも》いました。でっちあげどころではなかったのです。ルーシーはどこかすぐ近《ちか》くにいるにちがいないと思《おも》って、エドマンドはさけびました。

「ルーシー！　ルーシー！　ぼくも来《き》たよ――エドマンドだよ。」

返事《へんじ》はありません。

「いろいろひどいこと言《い》っちゃったから、怒《おこ》っているんだ。」

自分《じぶん》が悪《わる》かったとみとめるのはいやでしたが、このふしぎな、寒《さむ》くて静《しず》かな場所《ばしょ》にひとりぼっちでいるのはもっといやでしたから、エドマンドはまたさけんでみました。

「ねえ、ルーったら！　信《しん》じてあげなくてごめんよ。ずうっときみが正《ただ》しかったんだってわかったよ。出《で》てこいよ。仲直《なかなお》りしよう。」

やはり返事《へんじ》はありません。

エドマンドはひとりごとを言《い》いました。

「女《おんな》の子《こ》ってのは、これだからな。どっかでむくれていて、ゆるしてやるもんですかって思《おも》っているんだな。」

エドマンドは、もう一度《いちど》あたりを見《み》まわしました。あまりぞっとしないところだからうちに帰《かえ》ろうと心《こころ》に決《き》めかけたとき、森《もり》のずっとおくから、シャンシャンと鈴《すず》の音《おと》が聞《き》こえてきました。耳《みみ》をすましているうちに音《おと》はどんどん近《ちか》づいてきて、ついに二頭《とう》のトナカイに引《ひ》かれたそりが、すうっと目《め》の前《まえ》にあらわれました。

トナカイは、がっしりした小馬《シェトランドポニー》ほど大《おお》きく、その毛《け》は雪《ゆき》でさえかなわないくらいまっ白《しろ》でした。枝分《えだわ》かれしている角《つの》は金《きん》ぴかで、朝日《あさひ》をあびて、まるで燃《も》え立《た》つようにかがやいていました。そりを引《ひ》くために体《からだ》につけたベルトは深紅《しんく》の革《かわ》でできていて、ずらりと鈴《すず》がついていました。

そりに乗《の》ったトナカイの御者《ぎょしゃ》は、太《ふと》ったこびとで、立《た》ちあがっても一メートルもなさそうでした。こびとは、ホッキョクグマの毛皮《けがわ》を身《み》にまとい、てっぺんから長《なが》い金色《きんいろ》のふさかざりが一本《ぽん》ぶらさがっている赤《あか》い頭巾《ずきん》をかぶっていました。ひざをおおいかくすほど大《おお》きなひげは、ひざかけのかわりになっていました。しかし、こびとのうしろ、そりのまんなかにあるずっと高《たか》い席《せき》にすわっていたのは、まったく感《かん》じのちがう人《ひと》でした。

それは、エドマンドが見《み》たことのあるどんな女性《じょせい》よりも背《せ》の高《たか》い、りっぱそうな女《おんな》の人《ひと》でした。その人《ひと》は、やはり白《しろ》い毛皮《けがわ》をのどもとまで身《み》にまとい、右手《みぎて》にはすらりと長《なが》い金色《きんいろ》の杖《つえ》を持《も》ち、頭《あたま》には金色《きんいろ》の冠《かんむり》をいただいていました。その顔《かお》は白《しろ》く――単《たん》に青白《あおじろ》いのではなく、その白《しろ》さといったら、雪《ゆき》か、紙《かみ》か、ケーキを飾《かざ》る砂糖《さとう》のようで、ただ、くちびるだけはまっ赤《か》でした。高慢《こうまん》で冷《つめ》たくきびしいところをのぞけば、美《うつく》しい顔《かお》でした。

鈴《すず》をシャンシャンと鳴《な》らし、こびとがむちをぴしりと打《う》ち、そりが雪《ゆき》をはねあげながらエドマンドの前《まえ》へすべりこんでくるようすは、なかなかの見《み》ものでした。

「とまれ！」

女《おんな》の人《ひと》が言《い》い、こびとがトナカイをあまりにするどく引《ひ》っぱったので、トナカイたちはもう少《すこ》しでしりもちをついてしまうところでした。それから、体《からだ》を立《た》て直《なお》し、くつわをかんだり、ブルルと鼻息《はないき》をたてたりして立《た》っていました。こおりつくような空気《くうき》のなかで鼻《はな》からふき出《だ》される息《いき》は、まるで煙《けむり》のように見《み》えました。

「して、そのほうは、何者《なにもの》か？」

女《おんな》の人《ひと》は、エドマンドをじろりと見《み》て言《い》いました。

「ぼく、あの、な、名前《なまえ》はエドマンドです。」

エドマンドはかなりどぎまぎして言《い》いました。にらまれてぞっとしたのです。

女《おんな》の人《ひと》は顔《かお》をしかめると、

「それが女王《じょおう》への口《くち》のききかたか」

と、さっきよりもきびしい顔《かお》つきで言《い》いました。

「失礼《しつれい》いたしました、女王陛下《じょおうへいか》、ぞんじあげなかったものですから。」

「ナルニアの女王《じょおう》を知《し》らぬと？」女《おんな》の人《ひと》はさけびました。「ふん！　今後《こんご》は知《し》らぬとは言《い》わせぬ。だが、もう一度《いちど》聞《き》く――そのほうは、何者《なにもの》か？」

「ごめんなさい、陛下《へいか》」と、エドマンド。「どういうことでしょうか。ぼくは学校《がっこう》に通《かよ》っていて――えっと、通《かよ》っていたんですが――今《いま》は夏休《なつやす》みなんです。」

4 ターキッシュ・ディライト

「だから、おまえは、なんなのだ？」と、女王《じょおう》はふたたびたずねました。「大《おお》きくなりすぎたこびとがひげを切《き》り落《お》としたのか？」

「いえ、陛下《へいか》」と、エドマンド。「ひげなんか生《は》えたことありません。ぼくは子《こ》どもです。」

「子《こ》ども！　アダムのむすことということか？」

エドマンドはなにも言《い》わずにじっと立《た》っていました。あんまりにも頭《あたま》がこんがらがってしまって、質問《しつもん》の意味《いみ》がわからなかったのです。

「なんにせよ、ばかであることはわかった。はきはきと答《こた》えよ。さもなければ、怒《おこ》るぞ。そちは人間《にんげん》か？」

「はい、陛下《へいか》」と、エドマンド。

「どのようにして、わが領土《りょうど》に入《はい》りこんだ？」

「あのう、陛下《へいか》、洋服《ようふく》だんすから来《き》ました。」

「洋服《ようふく》だんす？　どういうことだ？」

「あの――とびらをあけたら、ここに来《き》てたんです、陛下《へいか》。」

「は！」

女王《じょおう》は声《こえ》をあげると、エドマンドに、というよりは自分《じぶん》にむかって言《い》いました。

「とびら、とな。人間界《にんげんかい》からのとびら、とな！　そのようなことを聞《き》いたことがある。これで、なにもかもだいなしになるかもしれん。だが、こいつはひとりきり。しかも、わけなくあしらえそうだ。」

そう言《い》いながら女王《じょおう》は立《た》ちあがって、エドマンドの顔《かお》を燃《も》えるような目《め》でじっと見《み》つめました。同時《どうじ》に女王《じょおう》は、杖《つえ》を高《たか》くかかげました。

エドマンドは、女王《じょおう》がなにかおそろしいことをするのだとわかりましたが、どうにも動《うご》くことができません。まさにエドマンドがもうだめだとあきらめたそのとき、女王《じょおう》はふと考《かんが》えを変《か》えたように見《み》えました。

「かわいそうな子《こ》ね。」

女王《じょおう》は打《う》って変《か》わった声色《こわいろ》で言《い》いました。

「ずいぶんと寒《さむ》そうだこと！　いらっしゃい。わたくしといっしょに、そりにすわりなさい。マントをかけてあげますよ。お話《はな》ししましょう。」

エドマンドは、この人《ひと》のそばにすわりたいとは少《すこ》しも思《おも》いませんでしたが、いやだとも言《い》えませんでしたので、そりにあがって女王《じょおう》の足《あし》もとにすわりました。

すると女王《じょおう》は、毛皮《けがわ》のマントでエドマンドの体《からだ》をすっぽりくるんでくれました。

「なにかあたたかい飲《の》み物《もの》はいかがかしら？」

「ええ、おねがいします、陛下《へいか》。」

エドマンドは、歯《は》をがちがちさせながら言《い》いました。

女王《じょおう》は包《つつ》みのどこからか、銅《どう》でできているように見《み》える、とても小《ちい》さなびんを取《と》り出《だ》しました。それから、腕《うで》をのばして、びんからほんの一てき、そりのわきの雪《ゆき》の上《うえ》にしずくをたらしました。一瞬《いっしゅん》、そのしずくが空中《くうちゅう》でダイヤのようにかがやくのを、エドマンドは見《み》ました。でも、それが雪《ゆき》にふれた瞬間《しゅんかん》、シューと音《おと》がして、宝石《ほうせき》がちりばめられたコップがたちのぼる湯気《ゆげ》のなかにあらわれました。なかには、なにかがいっぱい入《はい》っています。こびとはさっとそれを取《と》りあげ、おじぎをしてニヤリと笑《え》みをうかべてエドマンドに手《て》わたしました。あまり気持《きも》ちのよい笑顔《えがお》ではありませんでした。

そのあたたかい飲《の》み物《もの》をすすりはじめると、エドマンドはずいぶんおちつきました。今《いま》まで味《あじ》わったことのないような、ふんわりと泡《あわ》だった、とてもあまいもので、足先《あしさき》まであたたまりました。

しばらくして、女王《じょおう》が言《い》いました。

「なにも食《た》べないで、飲《の》んでばかりというのもつまらないわね、アダムのむすこさん。なにがいちばん食《た》べたい？」

「ターキッシュ・ディライトをおねがいします、陛下《へいか》。」

エドマンドは言《い》いました。(ターキッシュ・ディライトというのは、もちもちとした、トルコのあまい砂糖菓子《さとうがし》です。)

女王《じょおう》がもう一てき、びんから雪《ゆき》の上《うえ》にたらすと、またたくまに、緑《みどり》の絹《きぬ》のリボンがかかった丸《まる》い箱《はこ》が出《で》てきました。

あけてみると、最高級《さいこうきゅう》のターキッシュ・ディライトがぎっしりつまっています。どれも、あまくて、なかまでふんわりして、エドマンドはこんなにおいしいものを食《た》べたことがありませんでした。

すっかり体《からだ》があたたまって、とても気持《きも》ちがよくなりました。

エドマンドが食《た》べているあいだ、女王《じょおう》は質問《しつもん》をしつづけました。

はじめのうちは、エドマンドは口《くち》にものが入《はい》っているのにお話《はな》しするのは失礼《しつれい》だということを忘《わす》れないようにしていたのですが、やがてそれも忘《わす》れて、ターキッシュ・ディライトをほおばれるだけほおばることに夢中《むちゅう》になり、食《た》べれば食《た》べるほどもっと食《た》べたくなり、どうして女王《じょおう》がそんなに根《ね》ほり葉《は》ほりたずねるのか考《かんが》えてみることすらしませんでした。

こうして、女王《じょおう》は聞《き》き出《だ》したのです――エドマンドには兄《あに》がひとりと、姉《あね》がひとりと、妹《いもうと》がひとりいること、そして妹《いもうと》はすでにナルニアに来《き》てフォーンと出会《であ》ったこと、それから、四人《にん》の兄弟姉妹《きょうだいしまい》以外《いがい》だれもナルニアのことを知《し》らないことを。

女王《じょおう》は、とくに兄弟姉妹《きょうだいしまい》が四人《にん》であることに興味《きょうみ》をもったようで、なにかにつけては、そのことをたずねました。

「本当《ほんとう》に、あなたたちは、ちょうど四人《にん》なのね？　アダムのむすこがふたりに、イブのむすめがふたり。ちょうどぴったり四人《にん》なのね？」

そして、エドマンドは、ターキッシュ・ディライトを口《くち》いっぱいにほおばりながら、こう答《こた》えつづけたのです。

「ええ、さっき言《い》ったとおりです。」

「陛下《へいか》」と、つけくわえることも、エドマンドは忘《わす》れたのですが、女王《じょおう》はもはや気《き》にしていないようでした。

ついにターキッシュ・ディライトを食《た》べつくしてしまって、エドマンドはからっぽの箱《はこ》をじっと見《み》つめ、女王《じょおう》が「もっとほしい？」と、たずねてくれないかとねがいました。たぶん女王《じょおう》はエドマンドの考《かんが》えていることぐらいわかっていたのでしょう。

だって、エドマンドは知《し》りませんでしたが、これは魔法《まほう》のターキッシュ・ディライトであることを女王《じょおう》はよく知《し》っていたからです。いったん食《た》べてしまうと、もっともっとほしくなってとまらなくなり、食《た》べていいとなったら、いつまでも食《た》べつづけて最後《さいご》には死《し》んでしまうという魔法《まほう》のお菓子《かし》なのです。

でも、女王《じょおう》は、それ以上《いじょう》くれませんでした。そのかわり、こう言《い》ったのです。

「アダムのむすこさん、わたくし、あなたのお兄《にい》さんとお姉《ねえ》さんと妹《いもうと》さんにとても会《あ》ってみたいわ。ここにつれてきてくれない？」

「いいですよ。」

エドマンドは、からっぽの箱《はこ》をまだ見《み》つめながら言《い》いました。

「もどってきてくれたら――もちろん、みんなをつれてきたらということよ――そしたら、またターキッシュ・ディライトをあげましょう。今《いま》はだめ。この魔法《まほう》は一度《いちど》きりなの。わたくしの館《やかた》だと、そうではないけれど。」

「これから、おたくにうかがうわけにはいかないんですか？」と、エドマンド。

はじめてそりに乗《の》ったときは、どこか知《し》らないところへつれていかれて、もう二度《にど》ともどってこられないのではないかとこわかったのに、今《いま》は、こわかったことさえ忘《わす》れていました。

「すてきなところよ、わたくしの館《やかた》は」と、女王《じょおう》。「きっと気《き》に入《い》るわ。ターキッシュ・ディライトでいっぱいのお部屋《へや》がいくつもあるの。それに、わたくしには子《こ》どもがいないから、すてきな男《おとこ》の子《こ》がほしいの。王子《おうじ》として育《そだ》てて、わたくしが死《し》んだらナルニアの王《おう》さまにしたい。王子《おうじ》になったら、金《きん》の冠《かんむり》を頭《あたま》にいただいて、一日《いちにち》じゅうターキッシュ・ディライトが食《た》べほうだいよ。あなたみたいにかしこくて、かっこいい子《こ》には会《あ》ったことがないわ。できたら、あなたに王子《おうじ》になってほしい。いつか、ほかのみんなをつれてきてくれたら、ね。」

「今《いま》じゃいけないのですか。」

エドマンドの顔《かお》はすっかり赤《あか》くほてっていて、口《くち》も指《ゆび》もべとべとでした。女王《じょおう》がどう言《い》おうと、かしこそうにも、かっこよさそうにも見《み》えませんでした。

「あら、今《いま》あなたをつれていってしまったら、あなたのお兄《にい》さんやお姉《ねえ》さんや妹《いもうと》さんに会《あ》えなくなってしまうじゃない。あなたのすてきなきょうだいにとっても会《あ》いたいの。あなたは王子《おうじ》さまになって――いつかは王《おう》さまになる。それはわかったわね。でも、宮廷人《きゅうていじん》や貴族《きぞく》も必要《ひつよう》でしょ。あなたのお兄《にい》さんを公爵《こうしゃく》にして、姉妹《しまい》を公爵夫人《こうしゃくふじん》にしてあげましょう。」

「あんなやつら、たいしたことありません。それに、どっちにしろ、いつだってつれてこられます。」

「ああ、でもいったんわたくしの館《やかた》に入《はい》ってしまうと、みんなのことを忘《わす》れてしまうかもしれない。あんまり楽《たの》しくて、わざわざ呼《よ》びに行《い》くのがいやになってしまうわ。だから、今《いま》は、自分《じぶん》の国《くに》にもどって、あらためてまたいらっしゃい、みんなといっしょにね、わかったわね。みんなといっしょじゃなきゃ、もどってきちゃだめですよ。」

「でも、自分《じぶん》の国《くに》への帰《かえ》りかたがわかりません。」

エドマンドがべそをかくと、女王《じょおう》が答《こた》えました。

「かんたんよ。あの街灯《がいとう》が見《み》える?」

女王《じょおう》は杖《つえ》をあげて指《さ》しました。エドマンドはふりかえって、ルーシーがフォーンと出会《であ》ったたまさにあの街灯《がいとう》を見《み》ました。

「あそこをこえて先《さき》へ行《い》けば、人間界《にんげんかい》へもどれます。こんどは、反対側《はんたいがわ》をごらんなさい。」

女王《じょおう》は逆《ぎゃく》の方角《ほうがく》を指《さ》しました。

「森《もり》の上《うえ》のほうにふたつの小《ちい》さな丘《おか》があるのがわかりますか。」

「あ、はい」と、エドマンド。

「わたくしの館《やかた》は、あのふたつの丘《おか》のあいだにあります。ですから、こんど来《く》るときは、街灯《がいとう》を見《み》つけてから、あのふたつの丘《おか》をさがして、森《もり》をまっすぐ歩《ある》いてくればいいのです。でも忘《わす》れないで——みんなをつれてこなければだめですよ。ひとりで来《き》たりしたら、とても怒《おこ》りますからね。」

「がんばります。」

「それから、みんなには、わたくしのことは話《はな》さなくてよろしい。わたくしたちふたりだけの秘《ひ》密《みつ》にしておいたほうがおもしろいでしょう？　おどろかせるといいわ。ただ、だまってみんなをふたつの丘《おか》へつれてきなさい。あなたみたいなかしこい子《こ》なら、なにか言《い》いわけを考《かんが》え出《だ》せるでしょう。みんなでわたくしの館《やかた》まで来《き》たら、『ここにはだれが住《す》んでいるのかなあ』とかなんとか言《い》えばよろしい。それがいちばんです。妹《いもうと》さんがフォーンに会《あ》ったのなら、わたくしについてへんな話《はなし》を耳《みみ》にしているかもしれないけれど——わたくしのところへ来《き》たくなくなるようないやな話《はなし》をね。フォーンっていうのは、あることないこと言《い》いますからね、さて——」

「どうかおねがいです」と、エドマンドがだしぬけに言《い》いました。「家《いえ》に帰《かえ》るとちゅうで食《た》べるターキッシュ・ディライトをひとつだけもらえませんか？」

「だめ、だめ」と、女王《じょおう》は笑《わら》いだしました。「つぎのときまで、がまんしなきゃ。」

そう話《はな》しながら女王《じょおう》はこびとにそりを出《だ》すように合図《あいず》しましたが、そりでみるみる遠《とお》ざかっていきながら、女王《じょおう》はエドマンドに手《て》をふってさけびました。

「またこんどね！　またこんど！　忘《わす》れないで。早《はや》くいらっしゃい。」

エドマンドが、まだそりのあとをじっと見《み》つめていると、だれかが自分《じぶん》の名前《なまえ》を呼《よ》ぶのが聞《き》こえました。あたりを見《み》まわしてみると、森《もり》の別《べつ》のところからルーシーがこちらへやってきます。

「ああ、エドマンド！　じゃあ、あなたもここに入《はい》ってきたのね！　すばらしいでしょ？　さあ、これで――」

「わかったよ。きみの言《い》うとおりで、あれはやっぱり魔法《まほう》のたんすだった。なんだったら、ごめんなさいって言《い》ってもいいよ。でも、いったい今《いま》までどこにいたんだい？　あちこちさがしたのに。」

「あなたも来《き》ているってわかってたら待《ま》ってたわよ。」

ルーシーはあまりにうれしくて興奮《こうふん》していたので、エドマンドの話《はな》しかたがぶっきらぼうで、その顔《かお》がひどく赤《あか》らんでおかしなことに気《き》がつきませんでした。

「あたしね、今《いま》フォーンのタムナスさんのところでお昼《ひる》をいただいてたのよ。あのひと、元気《げんき》だったわ。あたしをにがしたのに、白《しろ》の魔女《まじょ》からひどい目《め》にあわされなかったんですって。だから、魔女《まじょ》には見《み》つからなかったんじゃないか、心配《しんぱい》したけどだいじょうぶじゃないかっておっしゃってたわ。」

「白《しろ》の魔女《まじょ》だって？」と、エドマンド。「だれ、それ？」

「ものすごくひどい人《ひと》」と、ルーシー。「自分《じぶん》のことをナルニアの女王《じょおう》って呼《よ》んでるんだけど、ちっとも本当《ほんとう》の女王《じょおう》なんかじゃないの。フォーンたちも、木《き》の精《せい》ドリュアスたちも泉《いずみ》の精《せい》ナーイアスたちも、こびとたちも動物《どうぶつ》たちも――少《すく》なくともいい人《ひと》たちはみんな――あの人《ひと》をきらっているわ。でも、あの人《ひと》はみんなを石《いし》に変《か》えたりして、なんでもひどいことができるの。しかも、魔法《まほう》をかけてナルニアをずっと冬《ふゆ》にしてしまったのよ――いつまでも冬《ふゆ》なのにクリスマスは来《こ》ないの。トナカイに引《ひ》かせたそりを乗《の》りまわして、片手《かたて》に杖《つえ》を持《も》って、頭《あたま》には王冠《おうかん》をいただいているの。」

あまいものを食《た》べすぎてとうに気分《きぶん》が悪《わる》くなっていたエドマンドは、たった今《いま》お友《とも》だちになった女《おんな》の人《ひと》が危険《きけん》な魔女《まじょ》であるとわかって、ますますいやな気分《きぶん》になりました。それでも、やっぱり、あのターキッシュ・ディライトをなによりももう一度《いちど》食《た》べたくてしかたなかったのです。

「そんな白《しろ》の魔女《まじょ》の話《はなし》、だれから聞《き》いたんだい？」

「フォーンのタムナスさんよ。」

「フォーンの言《い》うことなんか、あんまりあてにならないよ。」

エドマンドは、ルーシーよりもフォーンのことを知《し》っているかのように言《い》いました。

「そんなこと、だれが言《い》ってるの？」

「みんな知《し》っていることさ。だれにでも聞《き》いてごらん。でも、こんな雪《ゆき》のなかにつっ立《た》っているのはおもしろくないね。うちに帰《かえ》ろう。」

「そうね、帰《かえ》りましょう」と、ルーシー。「ああ、エドマンド。あなたも来《き》てくれて、あたし、とってもうれしい。こんどこそ、みんな信《しん》じてくれなくっちゃね、ふたりも来《き》たんだから。楽《たの》しくなるわあ！」

でも、エドマンドはひそかに、自分《じぶん》にとってはルーシーほど楽《たの》しいことにはならないだろうと思《おも》っていました。

みんなの前《まえ》でルーシーが正《ただ》しかったことを、みとめなければならないでしょうし、みんなはきっとフォーンや動物《どうぶつ》たちの味方《みかた》をするでしょう。

でも、エドマンドは、すでに半分以上《はんぶんいじょう》、魔女《まじょ》の側《がわ》についているのです。みんなでナルニアのことを話《はな》すようになったら、なんと言《い》ったらいいのでしょう。どうやって秘密《ひみつ》をまもったらいいのでしょう。

そうこうするうちに、ふたりはかなりの道《みち》のりを歩《ある》いてきていました。すると、ふっと、木々《きぎ》ではなくコートにかこまれていると感《かん》じ、つぎの瞬間《しゅんかん》、ふたりは、あのがらんとした部屋《へや》のたんすの外《そと》に立《た》っていました。

「あら、ひどい顔色《かおいろ》よ、エドマンド。気分《きぶん》でも悪《わる》いの？」

「だいじょうぶ」

と、エドマンドは答《こた》えましたが、だいじょうぶではありませんでした。とても気分《きぶん》が悪《わる》かったのです。

「じゃあ、行《い》きましょ。みんなを見《み》つけましょ。話《はな》したいことが、いっぱい！　みんなでいっしょにこのなかに入《はい》ったら、どんなすばらしい冒険《ぼうけん》になるかしら。」

5 とびらのこちらにもどってみると

まだかくれんぼがつづいていたので、エドマンドとルーシーがほかのふたりを見《み》つけるまで少《すこ》し時間《じかん》がかかりました。

でも、ついにみんながそろったとき（それは、たまたま、よろいかぶとのある細長《ほそなが》い部屋《へや》ででした）、ルーシーがせきを切《き》ったように話《はな》しはじめました。

「ピーター！　スーザン！　ほんとなのよ。エドマンドも見《み》たんだから。たんすを通《とお》って行《い》ける国《くに》がほんとにあるの。ふたりともなかに入《はい》ったの。エドマンドとあたし、森《もり》のなかでばったり会《あ》ったのよ。さあ、エドマンド、ふたりに話《はな》してよ。」

「どういうことだい、エド？」と、ピーターがたずねました。

さて、ここからこの物語《ものがたり》のなかでいちばんいやらしいところにさしかかります。

それまでエドマンドは気分《きぶん》が悪《わる》くて、むっとしていて、ルーシーが正《ただ》しかったことにいらいらしていましたが、じつはどうしたらいいのかまだ心《こころ》を決《き》めかねていました。ピーターからいきなりこう問《と》われて、エドマンドはむらむらっと、思《おも》いもよらない、ひきょうなことをしてしまったのです。

ルーシーをうらぎることにしたのです。

「話《はな》して、エド」と、スーザンが言《い》いました。

するとエドマンドは、ルーシーよりもずっと年上《としうえ》であるかのような、たいそうえらそうな顔《かお》つきをすると（本当《ほんとう》は、たったひとつちがいなのですが）、ふっと鼻《はな》で笑《わら》って言《い》いました。

「うん、そう、ルーシーとぼくは遊《あそ》んでたんだ――たんすのなかに国《くに》があるってお話《はなし》がほんとだってことにしてね。もちろん、じょうだんさ。そんなの、ほんとにあるわけないもん。」

かわいそうなルーシーは、エドマンドをちらりと見《み》ると、部屋《へや》からかけだしていってしまいました。

どんどんいやな人《ひと》になってきていたエドマンドは、してやったりと思《おも》って、すぐにこうつづけました。

「ほら、また出《で》ていっちゃった。どうしたんだろうね？　ちっちゃい子《こ》はこれだからこまるよ、いつだって――」

ピーターがつかみかからんばかりにエドマンドのほうにむき直《なお》ってどなりつけました。

「おい、だまれ！　ルーがたんすについてわけのわからないことを言《い》いはじめてから、おまえ、ずいぶんルーにひどいことを言《い》いつづけてるけど、こんどは、ルーといっしょになってごっこ遊《あそ》びをやったあげく、知《し》らんぷりをするわけか。ただ、いじわるしてやろうと思《おも》ってそんなことしたんだろうな。」

エドマンドは、たいそうめんくらって言《い》いました。

「だって、そんなのあるはずないじゃないか。」

「もちろん、あるはずないことさ」と、ピーター。

「まさにそこが問題《もんだい》なんだ。ルーは、ぼくらとこのやしきに来《く》るまで完《かん》ぺきにふつうだった。ところが、ここに来《き》てからというもの、頭《あたま》がおかしくなっちまったか、さもなきゃ、とんでもないうそつきになっちまった。だけど、どっちにしろ、おまえがルーをからかって、はやしたてたかと思《おも》うと、こんどはいっしょになって調子《ちょうし》を合《あ》わせるっていうのは、いったいどういうつもりなんだ？」

「だって――ぼくは――ぼくは――考《かんが》えたんだけど――」

エドマンドは、なんと言《い》っていいのかわかりませんでした。

「おまえはなんにも考《かんが》えちゃいないのさ」と、ピーター。「いじわるしただけだ。おまえはいつも小《ちい》さい子《こ》にひどいことをする。これまでも学校《がっこう》でそうしていたのを見《み》たぞ。」

「もうやめて」と、スーザン。「あなたたちふたりでけんかをはじめたってなんにもならないわ。ルーシーをさがしに行《い》きましょう。」

ずいぶんあちこちさがしてから、ようやく見《み》つけたとき、ルーシーがずっと泣《な》いていたのはだれの目《め》にも明《あき》らかでした。それもしかたのないことです。みんなでルーシーにいろいろと言葉《ことば》をかけてあげましたが、ルーシーはがんとして自分《じぶん》の話《はなし》を曲《ま》げずに、こう言《い》いました。

「みんながどう思《おも》おうと関係《かんけい》ないわ。なんて言《い》われようと気《き》にしない。教授《きょうじゅ》に告《つ》げ口《ぐち》したっていいし、お母《かあ》さんに手紙《てがみ》を書《か》いたっていいし、なんでも好《す》きにすればいいわ。あたし、あそこでフォーンに会《あ》ったんだから――そのまま、あそこにいればよかった。みんな、ひどいわ、ひどい！」

おもしろくない晩《ばん》でした。ルーシーは落《お》ちこんでいるし、エドマンドはこんなはずじゃなかったと感《かん》じはじめていました。上のふたりは、ルーシーがおかしくなってしまったと本気《ほんき》で考《かんが》えはじめていて、ルーシーが寝《ね》てからずいぶんあとに廊下《ろうか》でひそひそと立《た》ち話《ばなし》をしたのでした。

その結果《けっか》、つぎの日《ひ》の朝《あさ》、これは本当《ほんとう》に教授《きょうじゅ》になにもかもお話《はな》ししなければならないということになりました。

「先生《せんせい》が、ルーが本当《ほんとう》におかしくなったとお考《かんが》えになるなら、お父《とう》さんに手紙《てがみ》を書《か》いてくださるだろう」と、ピーターは言《い》いました。「もう、ぼくたちの手《て》には負《お》えないよ、これは。」

そこで、ピーターとスーザンは書斎《しょさい》へ行《い》ってドアをノックしました。教授《きょうじゅ》は「お入《はい》り」とおっしゃって、立《た》ちあがって、ふたりにいすをすすめ、なんでも話《はなし》を聞《き》こうとおっしゃってくださいました。

そして、教授《きょうじゅ》は顔《かお》の前《まえ》で両手《りょうて》の指先《ゆびさき》をぴたりと合《あ》わせてすわったまま、じっと耳《みみ》をかたむけ、ふたりがすっかり話《はな》しおえるまでいっさい口《くち》をはさみませんでした。そのあと、ずいぶん長《なが》いことだまっていらっしゃいましたが、やがて、せきばらいをなさると、ピーターもスーザンも夢《ゆめ》にも思《おも》わなかったことをおっしゃいました。

「どうして、妹《いもうと》さんの話《はなし》が本当《ほんとう》ではないとわかるのかね？」と、おたずねになったのです。

「あの、でも――」

スーザンが口《くち》をひらきましたが、そこで言《い》いよどみました。

教授《きょうじゅ》のお顔《かお》のようすから、本気《ほんき》でそうおたずねになっていることがわかったからです。

そこで、スーザンは気《き》をひきしめてこう言《い》いました。

「でも、エドマンドは、ふたりでごっこ遊《あそ》びをしていただけだと言《い》ったんです。」

「そこだね」と、教授《きょうじゅ》。「そこはたしかにぜひともよく考《かんが》えねばならん。慎重《しんちょう》に考《かんが》えることが必《ひつ》要《よう》だ。たとえば――こう質問《しつもん》してもよければ――きみたちのこれまでの経験《けいけん》から、弟《おとうと》さんと妹《いもうと》さんのどちらがより信頼《しんらい》できると思《おも》うかね？つまり、どちらが、よりうそをつかないか？」

「そこがまさにへんなところなんです、先生《せんせい》」と、ピーター。「こんなことにならなければ、いつだってうそをつかないのはルーシーだったんですから。」

「きみはどう思《おも》うかな？」

教授《きょうじゅ》はスーザンのほうをむきました。

「あの」と、スーザン。「ふつうなら、私《わたし》もピーターと同《おな》じように

答《こた》えるところですが、こんなことはありえないと思《おも》うので——つまり、森《もり》だとか、フォーンだとか、そんなこと。」

「それはどうだろうか」と、教授《きょうじゅ》。「いつも信頼《しんらい》できると思《おも》っていた人《ひと》をうそつき呼《よ》ばわりすることは、とても深刻《しんこく》なことだ。じつに深刻《しんこく》なことだよ。」

「うそをついてるわけじゃないと思《おも》うんです」と、スーザン。「どこかおかしくなってしまったんじゃないか、と。」

「頭《あたま》がおかしくなったのかもしれないということかね？」

教授《きょうじゅ》は、たいへん冷静《れいせい》におっしゃいました。

「ああ、それなら心配《しんぱい》はいらない。あの子《こ》のようすを見《み》ても、話《はなし》をしても、あの子《こ》の頭《あたま》がまともなことは明《あき》らかだ。」

「でも、それなら——」

と、スーザンは言《い》いかけてだまりました。大人《おとな》の人《ひと》がこんなふうに話《はなし》をするなんて思《おも》ってもいなかったので、どう考《かんが》えたらよいのかわからなくなったのです。

「論理《ろんり》だよ！」

教授《きょうじゅ》は、なかばひとりごとのようにおっしゃいました。

「最近《さいきん》の学校《がっこう》じゃどうして論理《ろんり》を教《おし》えんのだろうかね？　可能性《かのうせい》は三つしかない。妹《いもうと》さんがうそをついているか、おかしくなったか、本当《ほんとう》のことを言《い》っているか、だ。妹《いもうと》さんがうそを言《い》わないことは、きみたちが知《し》っており、頭《あたま》がちゃんとしていることは明《あき》らかだ。ということは、なにかほかの証拠《しょうこ》が出《で》てこないかぎり、本当《ほんとう》のことを言《い》っていると考《かんが》えざるをえない。」

スーザンは教授《きょうじゅ》の顔《かお》をまじまじと見《み》つめ、その表情《ひょうじょう》からじょうだんをおっしゃっているのではないと確信《かくしん》しました。

「でも、どうしてそんなことがありえますか、先生《せんせい》？」と、ピーター。

「なぜ、そんなことを言《い》う？」と、教授《きょうじゅ》。

「だって、第一《だいいち》に」と、ピーター。「本当《ほんとう》だとしたら、どうしてみんな、あの洋服《ようふく》だんすのところに行《い》っても、そんな国《くに》なんか見《み》つけられないんでしょう？　だって、みんなで見《み》たときは、なにもなかったんですから。ルーシーだって、そのときは、ないってみとめました。」

「だから、どうだと言《い》うんだね？」と、教授《きょうじゅ》。

「だって、先生《せんせい》、もし本当《ほんとう》なら、いつだってそれはそこにあるわけでしょう。」

「そうかね？」

教授《きょうじゅ》のお言葉《ことば》に、ピーターはなんと言《い》っていいのかすっかりわからなくなりました。

「でも、そんな時間《じかん》はありませんでした」と、スーザン。「たとえそんなところがあったとしても、ルーシーがどこかに出《で》かけてもどってくる時間《じかん》なんてなかったんです。私《わたし》たちが部屋《へや》から出《で》たその瞬間《しゅんかん》に、私《わたし》たちを追《お》いかけてきたんですから。一分《ぷん》もたっていませんでした。それなのに、あの子《こ》は何時間《なんじかん》もいなかったふりをしたんです。」

「それこそまさに、妹《いもうと》さんの話《はなし》が本当《ほんとう》かもしれないと思《おも》わせるところだね」と、教授《きょうじゅ》。「もしこのやしきにどこか別世界《べっせかい》に通《つう》じるドアがあるとしたら（それにいいかい、このやしきはとてもふしぎなやしきで、わしだってあまりよくは知《し》らんのだよ）——そして、もし、かりにだよ、妹《いもうと》さんが別世界《べっせかい》に行《い》ったとしたら、その別世界《べっせかい》にはまったく別《べつ》の時間《じかん》が流《なが》れていたとしてもおかしくはなかろう。だから、そこにどんなに長《なが》いこといても、こちらの時間《じかん》にしたら、これっぽっちもかからんというわけだ。いっぽう、あの子《こ》の年《とし》で、そんな考《かんが》えを自分《じぶん》で思《おも》いつける女《おんな》の子《こ》はそうはおらんだろう。もしごっこ遊《あそ》びをしていたのだとすれば、それなりに長《なが》い時間《じかん》かくれてから出《で》てきてその話《はなし》をしただろうよ。」

「でも、先生《せんせい》、本当《ほんとう》に別世界《べっせかい》がありうるとおっしゃるんですか」と、ピーター。「この家《いえ》のどこにでも、ついそこの角《かど》を曲《ま》がったあたりに——みたいな感《かん》じで？」

「それが最《もっと》も可能性《かのうせい》が高《たか》い。」

教授《きょうじゅ》はそうおっしゃって、メガネをはずしてふきながら、ぶつぶつとひとりごとをつぶやかれました。

「まったく、最近《さいきん》の学校《がっこう》じゃ、なにを教《おし》えているのやら。」

「でも、どうしたらいいんでしょう？」

スーザンがたずねました。会話《かいわ》が要点《ようてん》からずれはじめているように感《かん》じたのです。

教授《きょうじゅ》はふっと顔《かお》をあげてきびしい表情《ひょうじょう》でおっしゃいました。

「おじょうさん。だれもまだ提案《ていあん》したことのない計画《けいかく》がひとつあって、それは試《ため》してみる価値《かち》がある。」

「なんでしょう？」と、スーザン。

「人《ひと》のことはほっといてやりなさいということだ。」

それが、三人《にん》の会話《かいわ》のおわりとなりました。

この話《はな》し合《あ》いのあと、ルーシーはたいへんすごしやすくなりました。ピーターは、エドマンドが妹《いもうと》にちょっかいを出《だ》さないように気《き》をつけましたし、ルーシーにしても、また、ほかのだれにしても、洋服《ようふく》だんすを話題《わだい》にしたいとはぜんぜん思《おも》いませんでした。ふれてはいけない話題《わだい》となったわけです。

ですから、しばらくのあいだ、冒険《ぼうけん》はすっかりおわってしまったように思《おも》えました。でも、そうではなかったのです。

この教授《きょうじゅ》のおやしきは——教授《きょうじゅ》ご自身《じしん》さえよくごぞんじなかったわけですが——とても古《ふる》いことで有名《ゆうめい》で、イングランドじゅうの人《ひと》がやってきては見《み》せてくれとたのむほどでした。ガイドブックにのっていて、歴史書《れきししょ》にも書《か》かれているような家《いえ》だったのです。

それもそのはずで、この家《いえ》にまつわるお話《はなし》はいろいろあって、今《いま》こうしてお話《はな》ししているよりもずっとふしぎなお話《はなし》さえあったのです。観光客《かんこうきゃく》の一行《いっこう》が到着《とうちゃく》して、家《いえ》を見《み》せてくれと言《い》ってくると、教授《きょうじゅ》はいつもおゆるしになり、家政婦《かせいふ》のマクリーディさんが家《いえ》のなかを案内《あんない》して、絵《え》であるとか、よろいかぶとであるとか、図書室《としょしつ》にあるめずらしい本《ほん》であるとかの説明《せつめい》をしました。

マクリーディさんは子《こ》ども好《ず》きではなく、お客《きゃく》さんに家《いえ》のなかを順々《じゅんじゅん》に説明《せつめい》している最中《さいちゅう》にじゃまされたりするのがいやで、子《こ》どもたちが来《き》たあくる日《ひ》の朝《あさ》に（ほかのたくさんの注意《ちゅうい》といっしょに）、「私《わたし》がお客《きゃく》さんをご案内《あんない》しているときは、じゃまをしないように気《き》をつけてくださいよ」と、スーザンとピーターに念《ねん》をおしていたのでした。

「まるで、ぼくたちのうちのだれかが、午前中《ごぜんちゅう》の半分《はんぶん》をぼうにふって、見知《みし》らぬ大人《おとな》たちのあとをついてまわりたがってるみたいな言《い》いかたじゃないか！」

エドマンドが文句《もんく》を言《い》い、ほかの三人《にん》も同感《どうかん》でした。これが、二度《ど》めの冒険《ぼうけん》のきっかけとなりました。

三人《にん》の話《はな》し合《あ》いから、いく日《にち》かたったある朝《あさ》のことです。ピーターとエドマンドが、よろいかぶとをながめながら、これってばらばらにできるかなぁと考《かんが》えていたとき、女《おんな》の子《こ》たちがふたりのいる部屋《へや》にかけこんできて言《い》ったのです。

「気《き》をつけて！　マクリーディさんと団体《だんたい》さんがやってくるわよ。」

「ダッシュだ！」

ピーターが言《い》うと、四人《にん》はその部屋《へや》のいちばんはしのドアから飛《と》び出《だ》しました。ところが、緑《みどり》の部屋《へや》をぬけて図書室《としょしつ》に入《はい》ったところで、だしぬけに前《まえ》のほうから声《こえ》が聞《き》こえてきました。マクリーディさんが観光客《かんこうきゃく》の一行《いっこう》をつれて裏階段《うらかいだん》からあがってきたにちがいありません。前階段《まえかいだん》からあがってくるとばかり思《おも》っていたのに、そうではなかったのです。

そのあとは、みんなの頭《あたま》がおかしくなってしまったのか、それともマクリーディさんがみんなをつかまえようとしていたのか、あるいはなにかこのおやしきの魔法《まほう》がはたらきだしてみんなをナルニアへ送《おく》りこもうとしていたのか、わけのわからないことが起《お》こりました。どこに行《い》ってもマクリーディさんがあとからついてくるではありませんか。

ついにスーザンが言《い》いました。

「ああ、もう、あの観光客《かんこうきゃく》ったら！　ここよ――あの人《ひと》たちが通《とお》りすぎるまで、洋服《ようふく》だんすの部屋《へや》に入《はい》りましょう。ここまでは追《お》ってこないわ。」

ところが、部屋《へや》に入《はい》ったとたん、廊下《ろうか》から声《こえ》が聞《き》こえて――しかも、だれかがドアをがちゃがちゃいわせました。そして、ドアの取《と》っ手《て》が回《まわ》るのが見《み》えたのです。

「急《いそ》げ！　ここしかない。」

ピーターは、たんすをパッとあけました。四人《にん》ともそのなかへどっとなだれこみ、はあはあ息《いき》を切《き》らしながらその暗《くら》やみにすわりました。

ピーターはとびらを閉《と》じましたが、ぴったりと閉《と》じたりはしませんでした。なぜなら、もちろん、ピーターは覚《おぼ》えていたのです。きちんとしている人《ひと》なら当然覚《とうぜんおぼ》えているように、たんすのなかに自分《じぶん》を閉《と》じこめたりしてはいけないってことをね。

6 森《もり》のなかへ

やがてスーザンが、言《い》いました。

「マクリーディさん、早《はや》くあの人《ひと》たちをつれてってくれないかしら。すっごく、きゅうくつになってきたわ。」

「おまけに、しょうのうのにおいで鼻《はな》が曲《ま》がりそうだ」と、エドマンド。

「コートのポケットにいっぱいつまってるんじゃないかしら」と、スーザン。「虫《むし》がつかないように。」

「ぼくの背中《せなか》を、なんか、つっついてる」と、ピーター。

「それに、寒《さむ》くない？」と、スーザン。

「そういえば寒《さむ》いね。それに、ちぇっ、ぬれてるぞ。どうなってんだ、ここ？　ぼく、なんだかぬれてるとこにすわってる。どんどんびしょびしょになってくるよ。」

ピーターは、なんとか立《た》ちあがろうとしました。

「出《で》ようよ。みんな、行《い》っちゃったよ」と、エドマンド。

「あれーえ！」

急《きゅう》にスーザンが声《こえ》をあげたので、どうしたのと、みんなはたずねました。

「私《わたし》がもたれかかっているの、木《き》よ」と、スーザン。「それに、見《み》て！　明《あ》かりがついたわ――むこうのほうに。」

「うわっ、ほんとだ」と、ピーター。「それにごらんよ、あそこ――あそこも。あたり一面《いちめん》に木《き》が生《は》えてるよ。しかも、このぬれてるのは、雪《ゆき》だ。結局《けっきょく》、ルーシーの言《い》ってた森《もり》にみんなで来《き》たってわけだ。」

もはや、まちがいっこありませんでした。

四人《にん》の子《こ》どもたちは、目《め》をぱちくりさせて、冬《ふゆ》の日光《にっこう》をあびて立《た》っていたのです。

みんなのうしろにはコートがハンガーにかかっていて、目《め》の前《まえ》には雪《ゆき》をかぶった木々《きぎ》がありました。

ピーターはすぐにルーシーのほうをふりかえりました。

「ルーのこと、信《しん》じてあげられなくてごめん。謝《あやま》るよ。仲直《なかなお》りのあくしゅ、してくれる？」

「もちろんよ。」

ルーシーはピーターとあくしゅしてあげました。

「それで、これからどうする?」と、スーザン。

「どうって? 森《もり》を探検《たんけん》しに行《い》くに決《き》まってるじゃないか」と、ピーター。

「うわぁ! すごく寒《さむ》い。あのコート、着《き》ない?」と、スーザンが足《あし》ぶみをして言《い》いました。

「ぼくたちのじゃないよ。」

ピーターが、どうかなあというふうに言《い》いました。

「だれも気《き》にしないわよ」と、スーザン。「この家《いえ》の外《そと》へ持《も》ち出《だ》そうってわけでもないし。たんすの外《そと》に出《だ》すことにさえならないと思《おも》うわ。」

「それは思《おも》いつかなかったよ、スー」と、ピーター。「もちろん、言《い》われてみれば、そのとおりだ。もとあったところにもどしておけば、だれもコートを失敬《しっけい》したなんて言《い》えないもんね。それに、この国《くに》は、どこもかしこもたんすのなかにあるわけだし。」

みんなはただちにスーザンのとても気《き》のきいた計画《けいかく》を実行《じっこう》しました。着《き》てみると、コートはかなり大《おお》きすぎてかかとまであったので、コートというよりは王《おう》さまのローブのように見《み》えました。でも、ずっとあたたかくなりましたし、おたがいに新《あたら》しいかっこうが似合《にあ》っていて、あたりのようすにもふさわしいように思《おも》えました。

「北極探検隊《ほっきょくたんけんたい》ごっこができるね」と、ルーシー。

「ごっこ遊《あそ》びなんかしなくたって、十分《じゅうぶん》わくわくするよ。」

ピーターは、みんなより先《さき》に森《もり》のほうへ進《すす》みながら言《い》いました。

頭《あたま》の上《うえ》にはどんよりと黒《くろ》っぽい雲《くも》がかかっていて、夜《よる》になる前《まえ》にもっと雪《ゆき》が降《ふ》りそうでした。

しばらくして、エドマンドが言《い》いはじめました。

「ねえ、もっと左《ひだり》に行《い》かなきゃだめなんじゃないかな、街灯《がいとう》のところへ行《い》くんなら？」

自分《じぶん》がこんな森《もり》に来《き》たことなどないふりをしなければならないことを、エドマンドはすっかり忘《わす》れていたのです。この言葉《ことば》が口《くち》から出《で》たとたん、エドマンドは今《いま》まで自分《じぶん》がうそをついていたことがばれてしまったと気《き》がつきました。

みんな、立《た》ちどまり、エドマンドをじろりと見《み》ました。

ピーターが、ぴゅーと口笛《くちぶえ》をふきました。

「やっぱりここに来《き》てたんだな。あのとき、ルーはここでおまえに会《あ》ったと言《い》ったのに――それなのに、おまえはルーがうそを言《い》っていると言《い》い張《は》った。」

その場《ば》が、しーんと静《しず》まりかえりました。

「まったく、いじわるな人《ひと》でなしの子《こ》どものなかでも、おまえは――」

ピーターは肩《かた》をすくめて、それっきりもうなにも言《い》いませんでした。たしかに今《いま》さらなにを言《い》ってもしかたなさそうでしたので、すぐに四人《にん》は旅《たび》をつづけました。でもエドマンドは、こっそり心《こころ》のなかでつぶやいていたのでした。

「このしかえしはみんなにしてやるからな。すましやがって、自分《じぶん》こそ正《ただ》しいと思《おも》ってる気取《きど》り屋《や》たちめ。」

スーザンができるだけ話題《わだい》を変《か》えようとして言《い》いました。

「ところで、どこにむかってるの？」

「ルーに先《さき》に歩《ある》いてもらったほうがいいね」と、ピーター。「ルーにはその資格《しかく》があるもの。どこへつれていってくれる、ルー？」

「タムナスさんに会《あ》いに行《い》くのはどうかな」と、ルーシー。「みんなにお話《はな》ししたすてきなフォーンだよ。」

みんなはこれに賛成《さんせい》して、元気《げんき》よく足《あし》をあげて歩《ある》きだしました。

ルーシーは道案内《みちあんない》がじょうずでした。最初《さいしょ》は、道《みち》がわかるか不安《ふあん》だったのですが、こっちにあるへんてこなかっこうをした木《き》とか、あっちにある切《き》り株《かぶ》とか、つぎつぎに目印《めじるし》を思《おも》い出《だ》して、みんなを地面《じめん》がでこぼこしているところまでつれていき、それから小《ちい》さな谷《たに》を通《とお》って、ついにタ

ムナスさんのほら穴《あな》のまさに入《い》り口《ぐち》のところまで案内《あんない》できたのです。ところが、そこにはびっくりするようなひどいことが待《ま》ち受《う》けていました。

入《い》り口《ぐち》のドアは、ちょうつがいからねじりとられていて、こなごなにされていました。ほら穴《あな》のなかは暗《くら》くて寒《さむ》く、じとっとして、数日間《すうじつかん》だれもいなかった場所《ばしょ》のにおいがしました。雪《ゆき》が戸口《とぐち》からふきこんで床《ゆか》につもっており、なにか黒《くろ》いものとまざっていましたが、それはだんろにあった木《き》のもえかすや灰《はい》であることがわかりました。

どうやら、だれかが火《ひ》のついたまきを部屋《へや》じゅうにけちらして、ふみ消《け》したようです。陶器《とうき》が床《ゆか》の上《うえ》にこなごなに割《わ》れており、フォーンのお父《とう》さんの絵《え》はナイフでずたずたに切《き》りきざまれていました。

「こりゃ、かなりめちゃめちゃだな」と、エドマンド。「こんなとこに来《き》てもしょうがなかったね。」

「これはなんだろう?」と、ピーターがしゃがんで言《い》いました。

じゅうたんごとつらぬかれて床《ゆか》に釘《くぎ》づけにされていた紙《かみ》に気《き》がついたのです。

「なにか書《か》いてある?」スーザンがたずねました。

「うん。書《か》いてあるみたいだ」と、ピーター。「でも、この暗《くら》さじゃ読《よ》めないな。外《そと》に出《で》よう。」

みんなは外《そと》に出《で》て、ピーターがつぎのような言葉《ことば》を読《よ》みあげるのを取《と》りかこんで聞《き》きました。


この家《いえ》に以前《いぜん》住《す》んでいたフォーンのタムナスは逮捕《たいほ》され、ナルニア国女王《こくじょおう》にしてケア・パラベル城主《じょうしゅ》、ローン諸島《しょとう》の女帝《じょてい》などなどであるジェイディス陛下《へいか》への反逆罪《はんぎゃくざい》のかどで、および上記《じょうき》陛下《へいか》の敵《てき》をかくまい、スパイを保護《ほご》し、人間《にんげん》と交友《こうゆう》をもったかどで、裁判《さいばん》を待《ま》つものである。

署名《しょめい》　秘密警察長官《ひみつけいさつちょうかん》モーグリム
女王陛下万歳《じょおうへいかばんざい》!

子《こ》どもたちはたがいに顔《かお》を見《み》あわせました。

「この国《くに》が好《す》きになれるか自信《じしん》ないわ」と、スーザンが言《い》いました。

「この女王《じょおう》ってのはだれだい、ルー？　女王《じょおう》のこと、なにか知《し》らないかい？」と、ピーター。

「ほんとの女王《じょおう》じゃないの。」ルーシーは答《こた》えました。「ひどい魔女《まじょ》なの。白《しろ》の魔女《まじょ》。みんな――森《もり》に住《す》むみんな――きらってるわ。この国全体《くにぜんたい》に魔法《まほう》をかけて、ずっと冬《ふゆ》にしてしまったのに、クリスマスは来《こ》ないの。」

「ねえ、これ以上先《いじょうさき》に行《い》かないほうがいいんじゃない？」と、スーザン。「だって、ここはそれほど安全《あんぜん》でもないみたいだし、あんまり楽《たの》しそうなところでもないでしょ。それにどんどん寒《さむ》くなってきてるのに、食《た》べる物《もの》、なんにももってこなかったじゃない？　おうちに帰《かえ》ったほうがいいんじゃないかな？」

「ああ、でも、帰《かえ》れないわ、帰《かえ》れない。」ふいにルーシーが言《い》いました。「わからない？　帰《かえ》れないわよ、こんなことになってしまったんだもの。かわいそうなタムナスさんがこんな目《め》にあったのは、あたしのせいだもの。あたしを魔女《まじょ》からかくしてくれて、帰《かえ》り道《みち》を教《おし》えてくれたの。女王《じょおう》の敵《てき》をかくまい、人間《にんげん》と交友《こうゆう》をもったっていうのは、そのことよ。あたしたち、タムナスさんを助《たす》けに行《い》かなくちゃ。」

「あたしたちに、なにができるって言《い》うんだい！」と、エドマンド。「食《た》べる物《もの》もなんにもないっていうのにさ！」

「だまれ——おい！」と、まだエドマンドにとても腹《はら》をたてていたピーターが言《い》いました。「スーザンはどう思《おも》う？」

「気《き》は進《すす》まないけど、ルーの言《い》うとおりね」と、スーザン。「これ以上進《いじょうすす》みたくはないし、こんなところに来《こ》なければよかったと思《おも》うけれど、そのなんとかさんのために、なんとかしてあげなきゃいけないと思《おも》うわ。つまり、そのフォーンのために。」

「ぼくもそう思《おも》う」と、ピーター。「食糧《しょくりょう》がないというのはたしかに問題《もんだい》で、いったんもどって食糧置《しょくりょうお》き場《ば》からなにかもってきたいとも思《おも》うけれど、一度《いちど》この国《くに》を出《で》てしまうと、またもどってこられるかわからないからね。先《さき》に進《すす》むしかないだろう。」

「そうね」と、ふたりの女《おんな》の子《こ》が言《い》いました。

「そのかわいそうなひとがどこにとらわれているのか、わかりさえすればなあ！」と、ピーター。これからどうしたらいいだろうと、みんながまだ考《かんが》えているときに、ルーシーが言《い》いました。

「見《み》て！ コマドリだわ、あんなに胸《むね》が赤《あか》い。小鳥《ことり》なんて、ここで見《み》るの、はじめてよ。そうだ

わ！　ナルニアじゃ、小鳥《ことり》って話《はな》せるんじゃないかな！　あたしたちに、なにか言《い》いたそうにしてるもの。」

そこでルーシーは、コマドリにむかって言《い》いました。

「ねえ、教《おし》えてくれない？　フォーンのタムナスさんは、どこにつれていかれたの？」

話《はな》しかけながら、ルーシーは小鳥《ことり》に一歩《ぽ》近《ちか》づきました。小鳥《ことり》はパッと飛《と》びのきましたが、ただとなりの木《き》の枝《えだ》へうつっただけでした。そこにとまって、みんなが話《はな》していたことがわかっているかのように、しげしげとみんなを見《み》つめているのです。

四人《にん》の子《こ》どもたちは、思《おも》わず小鳥《ことり》のほうに一、二歩《ほ》、歩《あゆ》みよっていきました。するとコマドリはまたつぎの木《き》までにげて、もう一度《いちど》みんなをじっと見《み》つめるのです。（こんなに赤《あか》い胸《むね》をして、明《あか》るい目《め》をしたコマドリは、ほかにいないでしょう。）

「ねえ、思《おも》うんだけど、」と、ルーシー。「この小鳥《ことり》、あたしたちについてこいって言《い》っているんじゃないかしら。」

「だと思《おも》う」と、スーザン。「ピーターはどう思《おも》う？」

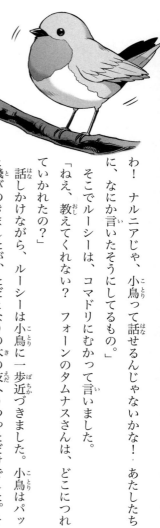

「まあ、ついていってみようじゃないか」と、ピーターは答《こた》えました。

コマドリはすっかり事情《じじょう》をこころえているようでした。木《き》から木《き》へと、いつも子《こ》どもたちの数《すう》メートル先《さき》を進《すす》みながら、みんながついてこられるくらいのところで待《ま》っていてくれるのです。こうして、小鳥《ことり》は少《すこ》しずつ丘《おか》の下《した》のほうへみんなをつれていきました。コマドリが枝《えだ》にとまるたびに、雪《ゆき》がぱらぱらと枝《えだ》から雨《あめ》のように落《お》ちました。やがて頭《あたま》の上《うえ》の雲《くも》が晴《は》れて、冬《ふゆ》の太陽《たいよう》が顔《かお》を出《だ》すと、あたり一面《いちめん》の雪《ゆき》がまぶしいほどきらきらかがやきました。

こんなふうにして三十分《さんじっぷん》ほど、女《おんな》の子《こ》ふたりが先頭《せんとう》に立《た》って歩《ある》いてきたところで、エドマンドがピーターに言《い》いました。

「ねえ、いつまでもえらそうにするのをやめて、ぼくに口《くち》をきいてくれるんなら、いいこと教《おし》えてやってもいいよ。」

「なんだい？」ピーターはたずねました。

「しー！　大《おお》きな声《こえ》を出《だ》すなよ」と、エドマンド。「女《おんな》の子《こ》たちをこわがらせちゃいけないからね。だけど、ぼくたちが今《いま》してることがどういうことか、わかってるの？」

「どういうことだ？」ピーターは、ささやき声《ごえ》にまで声《こえ》を落《お》として言《い》いました。

「ぼくらがあとをついていっているあの鳥《とり》のこと、ぼくらはなんにも知《し》らないだろ。あの鳥《とり》がどっちの味方《みかた》か、どうやったらわかるんだい？　わなにおびきよせようとしているのかもしれないじゃないか？」

「ばか言《い》うなよ。だって——コマドリっていうのは、ほら、どんなお話《はなし》でも、いつだっていい鳥《とり》だよ。コマドリが悪《わる》いほうの味方《みかた》ってことはないよ。」

「じゃあ、正《ただ》しいほうってどっちだい？　フォーンが正《ただ》しくて、女王《じょおう》が（そう、女王《じょおう》じゃなくて魔女《まじょ》だって話《はなし》もあるけど）いい女王《じょおう》じゃなくて悪《わる》い魔女《まじょ》だってどうしてわかるんだい？　どっちがどっちか、ぼくたちには、なんにもわかっちゃいないんだ。」

「フォーンは、ルーシーを助《たす》けてくれた。」

「フォーンがそう言《い》ってるだけだろ。だけど、それがほんとだってどうしてわかるんだい？　それにさ、ここから家《いえ》へどうやって帰《かえ》ればいいか、だれか知《し》っている人《ひと》はいるのかい？」

「しまった！」と、ピーター。「そいつは思《おも》いつかなかった。」

「そのうえ、夕《ゆう》ごはんにもありつけないだろうね」と、エドマンドは言《い》いました。

7 ビーバー夫妻《ふさい》との一日《いちにち》

男《おとこ》の子《こ》たちがうしろのほうでこそこそ言《い》いあっていると、女《おんな》の子《こ》たちがとつぜん「あっ！」と、さけんで立《た》ちどまりました。

「コマドリが！」ルーシーがさけびました。「コマドリが。飛《と》んでいっちゃった。」

そうなのです——飛《と》んでいって見《み》えなくなってしまったのです。

「さあて、これからどうする？」エドマンドは「言《い》わんこっちゃない」と言《い》わんばかりにピーターをちらりと見《み》ました。

「しっ！　見《み》て！」と、スーザン。

「なに？」と、ピーター。

「あそこ。なにかが木《き》のかげで動《うご》いたわ。左《ひだり》のほうへ。」

みんな、目《め》を皿《さら》のようにしてじっと見《み》ながら、おちつかない気持《きも》ちになっていました。

「ほら、また動《うご》いた。」スーザンがすぐに言《い》いました。

「さっきも見《み》えたよ」と、ピーター。「まだ、あそこにいるね。あの大《おお》きな木《き》のうしろにかくれてる。」

「なんなの？」

ルーシーが、びくついた声《こえ》にならないよう、とてもがんばりながらたずねました。

「なんだかわからないけど、」と、ピーター。「ぼくらをさけている。見《み》られたくないんだ。」

「おうちに帰《かえ》りましょう」と、スーザン。

おうちに帰《かえ》ろうとスーザンが言《い》ったとたん、みんな心《こころ》のなかで、あっと思《おも》いました。先《さき》ほどの章《しょう》のおわりでエドマンドがピーターにささやいたことに気《き》づいたのです。そう、みんなは道《みち》にまよってしまったのです。

「あれ、なんなのかな？」ルーシーがたずねました。

「そうね――動物《どうぶつ》みたいね。」

そう答《こた》えたスーザンが、こんどはさけびました。

「見《み》て！　見《み》て！　早《はや》く！　あそこよ。」

こんどこそはっきり見《み》えました。毛《け》でおおわれ、長《なが》いひげを生《は》やした顔《かお》が、木《き》のかげからこちらをのぞき見《み》ていたのです。でもこんどは、すぐに引《ひ》っこみませんでした。それどころか、その動物《どうぶつ》は、ちょうど人間《にんげん》が静《しず》かにと合図《あいず》をするときのように、前足《まえあし》の指《ゆび》を一本《ぽん》くちびるにあてたのです。それから、ひょいと顔《かお》はまた消《き》えてしまいました。子《こ》どもたちはみんな息《いき》をのんで立《た》ちつくしました。

しばらくすると、この見《み》なれぬ動物《どうぶつ》は木《き》のかげから出《で》てきて、だれかに見《み》られてやしないかというように、きょろきょろとあたりを見《み》まわしてから、「しー」と言《い》って、自分《じぶん》が立《た》っている森《もり》のおく深《ぶか》いところへついてくるように手《て》まねきすると、もう一度《いちど》消《き》えました。

「わかった」と、ピーター。「ビーバーだ。しっぽが見《み》えた。」

「ついてこいって言《い》ってるわよ」と、スーザン。「しかも、音《おと》をたてるなって。」

「そうだね」と、ピーター。「問題《もんだい》は、ぼくらがそうすべきかどうかということだ。どう思《おも》う、ルー？」

「いいビーバーだと思《おも》う」と、ルーシー。

「へえ、どうしてわかる？」と、エドマンド。

「ついていってみない？」と、スーザン。「だって、こんなところにつっ立《た》ってたって、しょうがないし、私《わたし》、お夕飯《ゆうはん》が食《た》べたい。」

このときビーバーが、また木《き》のかげからひょっこり顔《かお》を出《だ》して、いっしょけんめい手《て》まねきしました。

「ようし」と、ピーター。「行《い》ってみよう。みんな、はなれるな。かりに敵《てき》だとわかっても、相《あい》手《て》はビーバー一匹《ぴき》だから、ぼくら四人《にん》なら、だいじょうぶなはずだ。」

そこで子《こ》どもたちはみんな一団《いちだん》となって木《き》のところまで行《い》って、その裏《うら》にまわりこんでみると、そこにはちゃんとビーバーがいました。でも、あいかわらずあとずさりしながら、しわがれたかすれ声《ごえ》でささやくのです。

「もっとおくまで、ずっとおくまでどうぞ。こっちです。見通《みとお》しがきくところは安全《あんぜん》ではありませんからな！」

こうして、ビーバーがみんなをつれていってくれたところは、四本《ほん》の木《き》がくっついて生《は》え、枝《えだ》がかさなりあって暗《くら》がりとなり、雪《ゆき》が入《はい》りこめずに茶色《ちゃいろ》の地面《じめん》と松《まつ》のおち葉《ば》が足《あし》もとに見《み》えているところでした。

そこまで来《く》ると、ようやくビーバーはみんなに話《はな》しはじめました。

「あなたがたは、アダムのむすこさんと、イブのむすめさんですか？」

「そういうことになると思《おも》います」と、ピーター。

「しっ、しー！」と、ビーバー。「そんなに大《おお》きな声《こえ》を出《だ》さない

でください。ここだって、安全《あんぜん》ではないんです。」

「なにをそんなにこわがっているんですか」と、ピーター。「ここには、ぼくたちしかいませんよ。」

「木《き》がいます」と、ビーバー。「連中《れんちゅう》は、いつも聞《き》き耳《みみ》をたてています。たいていはこっちの味《み》方《かた》なんですが、われわれのことをあの人に通報《つうほう》する木《き》もいるんです。あの人《ひと》って、だれだかおわかりですよね。」ビーバーは話《はな》しながら何度《なんど》かうなずきました。

「こっちの味方《みかた》、なんて言《い》っても」と、エドマンド。「きみがぼくらの味方《みかた》かどうか、どうやってわかるんだい？」

「無礼《ぶれい》な態度《たいど》を取《と》るつもりではありませんが、ビーバーさん、」ピーターがつけくわえました。「でも、おわかりでしょうが、おたがい、知《し》らないわけですから。」

「ごもっとも、ごもっとも。これが、私《わたし》があなたがたの味方《みかた》だという印《しるし》です。」

ビーバーは小《ちい》さな白《しろ》いものをかかげて、みんなに見《み》せました。みんなは、おどろいてそれを見《み》つめましたが、ふいにルーシーが言《い》いました。

「あっ、それ、そうよ、あたしのハンカチ――かわいそうなタムナスさんにあげたの。」

「そうです。かわいそうなやつです。いよいよ逮捕《たいほ》されるっていう前《まえ》に、感《かん》づいたんですね。これを私《わたし》にわたしてくれました。自分《じぶん》の身《み》になにか起《お》きたら、私《わたし》があなたがたにここでお会《あ》いして、お連《つ》れするように、と。行《い》き先《さき》は――」

ここでビーバーの声《こえ》はすうっと聞《き》こえなくなり、ビーバーはとてもなぞめいたようすで、一、二度《ど》うなずきました。それから、子《こ》どもたちに自分《じぶん》のまわりにできるかぎり近《ちか》づくように合図《あいず》し――みんなの顔《かお》が、ビーバーのひげでこちょこちょとくすぐられるほど近《ちか》くに寄《よ》ったところで――低《ひく》い声《こえ》でこう言《い》いそえました。

「アスランが動《うご》いたという話《はなし》です。ひょっとすると、もう上陸《じょうりく》なさったかもしれない。」

そのとき、とても奇妙《きみょう》なことが起《お》こりました。

子《こ》どもたちのだれも、アスランがだれかなんて、みなさんと同《おな》じぐらい知《し》らなかったのですが、ビーバーがこの言葉《ことば》を発《はっ》したとたん、四人《にん》には、なにかががらりと変《か》わる感《かん》じがしたのです。

ひょっとすると、みなさんも、夢《ゆめ》を見《み》ているとき、意味《いみ》のわからない言葉《ことば》を聞《き》いて、夢《ゆめ》のなかでは、なんだかとても大切《たいせつ》な意味《いみ》があるように感《かん》じたことがあるでしょう。ひどくこわい感《かん》じがして夢全体《ゆめぜんたい》が悪夢《あくむ》になったり、あるいは一生忘《いっしょうわす》れられないすばらしい夢《ゆめ》になってしまうほど、言《い》いようもないくらいすてきな感《かん》じがして、もう一度《いちど》その夢《ゆめ》のなかにもどりたいなんて思《おも》ったりしたこともきっとあるでしょう。まさに今《いま》、子《こ》どもたちはそんな感《かん》じになったのです。

アスランの名前《なまえ》を聞《き》いたとたん、子《こ》どもたちのだれもが、胸《むね》がどきっとするのを感《かん》じました。エドマンドは、ぞくぞくっと、わけのわからないおそれを感《かん》じました。ピーターは、急《きゅう》に勇気《ゆうき》がわいてきて冒険《ぼうけん》がしたくなりました。スーザンは、なにかおいしそうなにおいか、楽《たの》しい音楽《おんがく》の一節《いっせつ》が自分《じぶん》のそばを流《なが》れたように感《かん》じました。そしてルーシーは、朝《あさ》、目《め》をさましてみると、今日《きょう》からずっとお休《やす》みなんだとか、夏《なつ》がはじまるんだとか気《き》がついたときのようにうれしく感《かん》じました。

「それで、タムナスさんは？」と、ルーシー。「どこにいるの？」

「しっ、しー」と、ビーバー。「ここではだめです。みなさんを、ちゃんとお話《はな》しできる場所《ばしょ》にご案内《あんない》して、お食事《しょくじ》もお出《だ》しします。」

こうなると、エドマンドは別《べつ》として、ビーバーを信頼《しんらい》することをためらう人《ひと》はいませんでした。エドマンドもですが、みんな「お食事《しょくじ》」という言葉《ことば》を聞《き》いて、とてもうれしかったのです。

そこでみんなは、この新《あたら》しいお友《とも》だちのあとに急《いそ》いでついていきました。ビーバーはおどろくほどの早足《はやあし》で、森《もり》のうっそうとしたところばかりを通《とお》って一時間以上《じかんいじょう》も先《さき》に立《た》って進《すす》みました。みんな、おなかがぺこぺこになってつかれはてたそのとき、ふいに目《め》の前《まえ》の木立《こだち》がまばらになって、急《きゅう》な下《くだ》り坂《ざか》があらわれました。一分後《ぷんご》、みんなはひらけた空《そら》の下《した》に出《で》ており（まだ太陽《たいよう》は照《て》っていました）、すばらしい景色《けしき》を見《み》おろしていました。

みんなが立《た》っていたのは、せまくて急《きゅう》な谷《たに》の入《い》り口《ぐち》でした。谷底《たにぞこ》にはかなり大《おお》きな川《かわ》があり、こおっていなければ流《なが》れていたはずでした。

みんなの足《あし》もとには、この川《かわ》をせきとめるダムがありました。それを見《み》たとき、みんな、ビーバーはダムをつくるものだとふと思《おも》い出《だ》して、このビーバーさんがつくったのだと思《おも》いあたりました。ビーバーさんの顔《かお》にちょっとけんそんするような表情《ひょうじょう》がうかんでいることにも気《き》がつきました。自分《じぶん》がつくった庭《にわ》にお客《きゃく》さんが来《き》てくれたときとか、自分《じぶん》が書《か》いた物語《ものがたり》をだれかに読《よ》んでもらっているときに人《ひと》がうかべるような表情《ひょうじょう》です。

ですから、スーザンが「なんてすてきなダムでしょう！」と言《い》ったのは、ごくふつうの礼儀《れいぎ》からだったのですが、ビーバーさんは、こんどは「しー」とは言《い》わず、「いやあ、なに、たいしたことありません！　それにまだ、すっかり完成《かんせい》してはいないんですよ」と言《い》いました。

ダムの上流《じょうりゅう》には深《ふか》い池《いけ》があるはずでしたが、今《いま》はもちろん一面《いちめん》に深緑色《ふかみどりいろ》の氷《こおり》が平《たい》らに張《は》っていました。ダムの下流《かりゅう》は、ずっと低《ひく》くなっていて、やはりこおっていましたが、平《たい》らではなく、寒気《かんき》がやってきたまさにその瞬間《しゅんかん》の形《かたち》のまま、泡《あわ》だち波打《なみう》ってこおっていました。また、ダムから水《みず》がしたたり落《お》ちたり、ほとばしり出《で》ていたりしたところは、きらきらとかがやくつらら、つららが連《つら》なってかべのようになっており、まるでダム一面《いちめん》が、まっさらの砂糖《さとう》でできた花《はな》や花輪《はなわ》や花《はな》かざりでおおわれているようでした。

そのまんなかに、ダムの上《うえ》に少《すこ》しつき出《だ》すようにして、巨大《きょだい》なハチの巣《す》のような形《かたち》をしたへんてこな小《ちい》さな家《いえ》が建《た》っていました。屋根《やね》の穴《あな》からは煙《けむり》がたちのぼっていましたので、それを見《み》ると（とりわけ、おなかがすいていると）料理《りょうり》をしているのだなと思《おも》って、ますますおなかがすいてしまうのでした。

みんなが気《き》づいたのはそれぐらいでしたが、エドマンドは別《べつ》のことに気《き》がつきました。この川《かわ》は少《すこ》し下流《かりゅう》のほうで、よその小《ちい》さな谷間《たにま》から流《なが》れ出《で》た小川《おがわ》と合流《ごうりゅう》していたのです。その谷《たに》を見《み》あげると、ふたつの小《ちい》さな丘《おか》が見《み》えました。それはあのとき、街灯《がいとう》のところで白《しろ》の魔女《まじょ》とさよならしたときに、魔女《まじょ》が指《さ》して教《おし》えてくれたあのふたつの丘《おか》にほぼまちがいありません。すると、ここからほんの一キロ半《はん》ぐらいのところにある、あの丘《おか》と丘《おか》のあいだには魔女《まじょ》の館《やかた》があるにちがいないと、エドマンドは考《かんが》えました。とたんに、ターキッシュ・ディライトのことが思《おも》い出《だ》され、それから王《おう》さまにしてあげると言《い》われたことが思《おも》い出《だ》されました。（「ぼくが王《おう》さまになったら、ピーターはどんな顔《かお》をするかな」と、エドマンドは思《おも》いました。）そして、おそろしいことをいろいろ思《おも》いえがいたのでした。

「着《つ》きましたよ」と、ビーバーさん。「うちのかみさんが、どうやらみなさんをおむかえする準《じゅん》備《び》をしているみたいですな。ついてきてください。でも、気《き》をつけて、すべらないように。」

ダムの上《うえ》は歩《ある》けるほどひろかったのですが、氷《こおり》でおおわれていたので、人間《にんげん》にとってはあまり歩《ある》きやすいところではありませんでした。それに片側《かたがわ》は、こおった池《いけ》が同《おな》じ高《たか》さでひろがっていましたが、反対側《はんたいがわ》は、ずっと下《した》にある川《かわ》まで落《お》ちこんでいて危険《きけん》でした。

このダムの上《うえ》を、みんなはビーバーさんについて一列《れつ》になって川《かわ》のまんなかまで行《い》きました。川《かわ》をずうっと見《み》あげることも、ずうっと見《み》おろすこともできる、その場所《ばしょ》に、家《いえ》の玄関《げんかん》がありました。

「ただいま。見《み》つけたよ。こちらがアダムのむすこさんとイブのむすめさんだ。」

そう言《い》ってなかへ入《はい》っていくビーバーさんにつづいて、みんな、なかへ入《はい》りました。

なかへ入《はい》るとまずルーシーは、カタカタという音《おと》に気《き》がつきました。そこでルーシーが目《め》にした最初《さいしょ》のものは、やさしそうなビーバーのおばさんがすみのほうにすわって、糸《いと》を口《くち》にくわえて、いそがしくミシンをかけている姿《すがた》でした。カタカタという音《おと》は、ミシンの音《おと》だったのです。

ビーバーのおばさんは、子《こ》どもたちが入《はい》ってくると、すぐに手《て》をとめて立《た》ちあがりました。

「とうとう来《き》てくれましたね！」

おばさんは、しわだらけの年老《としお》いた両《りょう》の前足《まえあし》をさし出《だ》しながら言《い》いました。

「ようやっと！　こんな日《ひ》まで生《い》きていられるなんてねえ！　さあさ、じゃがいもがゆであがって、やかんがピーと鳴《な》っていますよ。あなた、お魚《さかな》をとってきてくださいな。」

「とってくるともさ。」

ビーバーさんがそう答《こた》えて家《いえ》から出《で》ていくと、ピーターがついていきました。ふたりは、深《ふか》い池《いけ》に張《は》った氷《こおり》の上《うえ》を通《とお》って、毎日《まいにち》おので切《き》りあけておいてある氷《こおり》の穴《あな》のところまで行《い》きました。ふたりは、バケツを持《も》っていきました。ビーバーさんは、静《しず》かに穴《あな》のすぐそばにすわって、冷《ひ》えこむことなど気《き》にならないようすで、じっと目《め》をこらして穴《あな》のなかをのぞきこみました。それから、いきなり前足《まえあし》を穴《あな》のなかにつっこむと、「だるまさんがころんだ」と言《い》うより速《はや》く、みごとなマスをさっとつかまえたのです。それを何度《なんど》もくりかえして、やがて大漁《たいりょう》となりました。

いっぽう、スーザンとルーシーは、ビーバー夫人《ふじん》を手伝《てつだ》って、やかんにお水《みず》を入《い》れたり、テーブルに食器《しょっき》をならべたり、パンを切《き》ったり、オーブンにお皿《さら》を入《い》れてあたためたり、家《いえ》の片《かた》すみにあるたるからビーバーさんのために大《だい》ジョッキにビールをついだり、フライパンを火《ひ》にかけて油《あぶら》をあたためたりしました。

ルーシーは、ビーバーさんのおうちは、タムナスさんのほら穴《あな》とはぜんぜんちがうけれど、とても気持《きも》ちのいい小《ちい》さなおうちだと思《おも》いました。ここには本《ほん》も絵《え》もなく、ベッドのかわりに、船《ふね》みたいに寝《ね》るための板《いた》がかべにくっついていました。天井《てんじょう》からは、ハムや、たばねた玉《たま》ねぎがぶらさがっており、かべにかかっていたのは、ゴム長《なが》ぐつ、レインコート、おの、大《おお》ばさみ、スコップ、こて、しっくいを運《はこ》ぶ道具《どうぐ》、つりざお、魚捕《さかなと》りの網《あみ》、大《おお》きな袋《ふくろ》などでした。テーブルクロスはとても清潔《せいけつ》でしたが、かなりごわごわしていました。

ちょうどフライパンがいい感《かん》じにジュージューいいはじめたときに、ピーターとビーバーさんが魚《さかな》を持《も》って入《はい》ってきました。どれもビーバーさんが外《そと》できれいにさばいたものばかりです。

とりたての魚《さかな》を揚《あ》げるにおいがどんなにおいしそうだったか、おなかをすかせた子《こ》どもたちがどんなに待《ま》ちきれなかったか、そしてビーバーさんが「さあ、もうすぐできますよ」と言《い》うまでに、みんなどんなにおなかがぺこぺこになってしまったか、みなさんもおわかりでしょう。

スーザンが、ゆでたじゃがいものお湯《ゆ》を捨《す》て、水気《みずけ》を切《き》ったおいもを空《から》っぽのなべにもどして調理用《ちょうりよう》のコンロのわきに置《お》き、水分《すいぶん》をとばしてほくほくにしているあいだ、ルーシーはビーバー夫人《ふじん》を手伝《てつだ》って魚《さかな》のフライをお皿《さら》に盛《も》りつけましたから、数分《すうふん》もしないうちに、みんなはこしかけを引《ひ》きよせ（ビーバーさんのおうちにあるのは、だんろのそばにあるビーバー夫人用《ふじんよう》の特別《とくべつ》なゆりいす以外《いがい》はみんな三本《ぼん》あしのこしかけでした）、ごちそうにありついたのでした。

子《こ》どもたちにはクリームのようにこってりしたミルクの入《はい》ったコップがあり（ビーバーさんはずっとビールでした）、濃《こ》い黄色《きいろ》のバターのとても大《おお》きなかたまりがテーブルのまんなかにドンとあって、そこからみんな好《す》きなだけバターを取《と》って、じゃがいもにつけて食《た》べたのです。

子《こ》どもたちは思《おも》いました――つい三十分前《さんじっぷんまえ》にとれたばかりの活《い》きのいい川魚《かわざかな》を、三十秒前《びょうまえ》にフライパンからお皿《さら》にうつしたばかりの揚《あ》げたてでいただくほど、おいしいものはない、と。まったくそのとおりです。

お魚《さかな》を食《た》べおえると、ビーバー夫人《ふじん》が、思《おも》いがけず、オーブンから大《おお》きなマーマレード・ロールを持《も》ってきてくれました。できたてで湯気《ゆげ》を立《た》てているほどあつあつで、すばらしくねっとりしたデザートでした。そのときにやかんを火《ひ》にかけてくれましたから、みんながマーマレード・ロールを食《た》べおわるころには、お茶《ちゃ》をいれる用意《ようい》ができていました。

こうして、それぞれ、お茶《ちゃ》のカップを手《て》に、自分《じぶん》のこしかけをうしろへさげて、かべにもたれかかって、全員《ぜんいん》が大満足《だいまんぞく》の深《ふか》いため息《いき》をついたのでした。

「さあて。」

ビーバーさんは空《から》になったビールのジョッキを押《お》しやり、お茶《ちゃ》のカップを引《ひ》きよせながら言《い》いました。

「パイプに火《ひ》をつけて一服《いっぷく》させてもらうよ――さて、これで本題《ほんだい》に入《はい》れるわい。また雪《ゆき》が降《ふ》ってきたな。」

ビーバーさんは、窓《まど》を見《み》あげながらつけくわえました。

「こりゃ好都合《こうつごう》だ。これならたずねてくるお客《きゃく》もいなかろうて。それに、だれかにあとをつけられていたとしても、足《あし》あとが消《き》えるからな。」

8 うらぎりもの

「さあ」と、ルーシー。「タムナスさんになにが起《お》こったのかお話《はな》ししてくださいな。」

ビーバーさんは首《くび》をふりながら言《い》いました。

「ああ、ひどい話《はなし》だ。まったくもって、ひどいこった。警察《けいさつ》に連行《れんこう》されたんだな、まちがいない。それを見《み》ていた小鳥《ことり》が教《おし》えてくれたよ。」

「でも、どこにつれていかれたの？」ルーシーがたずねました。

「そうさな。連中《れんちゅう》は、最後《さいご》に目撃《もくげき》されたとき、北《きた》を目指《めざ》していた。それがどういうことか、だれにだってわかる。」

「わからないわ、私たちには」と、スーザン。

ビーバーさんは、かなり気《き》がめいったようすで首《くび》をふりました。

「残念《ざんねん》ながら、魔女《まじょ》の館《やかた》につれていかれたということさ。」

「タムナスさんをどうしようというのかしら、ビーバーさん？」ルーシーはあえぎました。

「そうさな。たしかなことはわからんが、あそこにつれこまれたら、まず出《で》てこられん。石像《せきぞう》だ。あちらこちら、石像《せきぞう》だらけだそうだ——中庭《なかにわ》から、階段《かいだん》から、広間《ひろま》からぜんぶ。みんな変《か》えられちまったんだ——」

ビーバーさんは言《い》いよどみ、ぶるっと身《み》ぶるいしました。

「——石《いし》に。」

「でも、ビーバーさん」と、ルーシー。「なんとかできないの？——いいえ、なんとしても助《たす》けなくっちゃいけないわ。そんなのあんまりだし、みんなあたしのせいなんだもの。」

「そりゃあ、助《たす》けたいのはやまやまだけど」と、ビーバー夫人《ふじん》。「でも、魔女《まじょ》の意《い》に反《はん》してあの館《やかた》にしのびこんだら、生《い》きて出《で》てはこられないのよ。」

「なにか作戦《さくせん》を立《た》てられないんでしょうか？」と、ピーター。「たとえば、なにかに変装《へんそう》するとか、なにかに化《ば》けて——物売《ものう》りでもなんでも——魔女《まじょ》がいなくなるまで見《み》はって——さもなきゃ、ええい、なにか方法《ほうほう》があるはずだ。フォーンは危険《きけん》を冒《おか》して妹《いもうと》を助《たす》けてくれたんです、ビーバーさん。そのフォーンに——そんな——そんなことされるのをだまって見《み》ているわけにはいきません。」

「しかたないよ、アダムのむすこさん」と、ビーバーさん。「ほかのひとならともかく、あなたにできることはない。だが、今《いま》やアスランが動《うご》きだしている――」

「そう、そう！　アスランのことを教《おし》えてください。」

いろいろな声《こえ》がいっぺんに言《い》いました。というのも、もう一度《いちど》あのふしぎな感覚《かんかく》が――春《はる》の最《さい》初《しょ》のおとずれのような、吉報《きっぽう》のような感《かん》じが――したからです。

「アスランってだれですか？」

スーザンがたずねました。

「アスランがだれかって？」と、ビーバーさん。「えっ、知《し》らないの？　王《おう》さまですよ。森全体《もりぜんたい》を支配《しはい》している。でも、あんまり森《もり》には、いらっしゃらないけどね。私《わたし》の代《だい》も、私《わたし》の父《ちち》の代《だい》にも、森《もり》には、いらっしゃらなかった。でも、おもどりになったという知《し》らせが入《はい》ったんです。今《いま》この瞬間《しゅんかん》にナルニアにいらっしゃる。ちゃんと白《しろ》の女王《じょおう》をやっつけてくださるでしょう。タムナスさんを救《すく》うのは、あなたがたではなく、アスランですよ。」

「アスランは石《いし》にはされないんだ？」と、エドマンド。

「まったくもって、アダムのむすこさんよ、なんてことを言《い》いだすやら！」

ビーバーさんは大笑《おおわら》いして答《こた》えました。

「あのかたを石《いし》にするですって？　あいつにできることといったら、二本《ほん》の足《あし》で立《た》ってアスランの顔《かお》を見《み》すえるくらいが関《せき》の山《やま》。いや、それすらできないんじゃないかな。いえいえ。アスランはこのあたりの古《ふる》いわらべ歌《うた》にあるように、すべてをもとどおりにもどしてくださいますよ。

アスラン　ラララ　正義《せいぎ》の味方《みかた》
ガオゥと　ほえれば　悲《かな》しみ　消《き》える
むき出《だ》す　牙《きば》に　冬《ふゆ》は死《し》に
たてがみ　ゆらら　春《はる》が来《く》る

アスランに会《あ》えばわかりますよ。」

「でも、アスランに会《あ》えるのかしら？」スーザンが聞《き》きました。

「だって、イブのむすめさん、そのためにみなさんにここに来《き》ていただいたんじゃありませんか。アスランに会《あ》えるところにみなさんをお連《つ》れするのが私《わたし》の役目《やくめ》なのです」と、ビーバーさん。

「アー――アスランって、人間《にんげん》？」ルーシーがたずねました。

「アスランが人間《にんげん》だって！　とんでもない。」

ビーバーさんはきっぱりと言《い》いました。

「森《もり》の王《おう》であり、偉大《いだい》なる海《うみ》のかなたの皇帝《こうてい》のご子息《しそく》です。百獣《ひゃくじゅう》の王《おう》って聞《き》いたこと、ありませんか？　アスランは、ライオンです——りっぱな、偉大《いだい》なライオン。」

「まあ！」と、スーザン。「人間《にんげん》かと思《おも》ってた。あの——あぶなくないかしら？　ライオンに会《あ》うのって、ちょっとびくびくものだけど。」

「そりゃあそうですよ、あなた。」ビーバー夫人《ふじん》が言《い》いました。「アスランの前《まえ》に出《で》て、ひざががくがくしないような人《ひと》がいたら、ものすごく勇敢《ゆうかん》か、単《たん》なるばかですよ。」

「じゃあ、あぶないの？」と、ルーシー。

「あぶないかって？」と、ビーバーさん。「今《いま》、かみさんが言《い》ったこと、聞《き》いてなかったのかね？　だれがあぶなくないなんて言《い》ったね？　もちろんあぶないさ。でも、よいかたなんだ。王《おう》さまだからね。」

「会《あ》ってみたいな」と、ピーター。「いざってときになって、こわくなっちゃうかもしれないけど。」

「そうだとも、アダムのむすこさん！」

ビーバーさんが、どすんとテーブルを前足《まえあし》でたたいたので、コップやお皿《さら》ががちゃがちゃと鳴《な》りました。

「会《あ》ってもらおう。できればあした、あなたがたは石舞台《いしぶたい》でアスランに会《あ》うようにとの伝言《でんごん》が入《はい》っているんだ。」

「それ、どこなの？」と、ルーシー。

「私《わたし》が教《おし》えてあげるさ。ここからずっと川《かわ》をくだっていったところだ。つれていってあげよう！」

「でも、そのあいだ、かわいそうなタムナスさんはどうなるの？」と、ルーシー。

「あのひとをできるだけ早《はや》く助《たす》けるためにも、アスランに会《あ》わなくちゃならん。いったんアスランといっしょになったら、行動開始《こうどうかいし》だ。もちろん、あなたがたもいっしょじゃなきゃだめですよ。それも、別《べつ》の古《ふる》い歌《うた》にあるからね。

　アダムの肉《にく》とアダムの骨《ほね》、すなわち人間《にんげん》の男《おとこ》と女《おんな》が
　ケア・パラベルの玉座《ぎょくざ》についたとき
　それが悪《あ》しき時代《じだい》のおわるとき

だから、アスランがあらわれ、あなたがたも来《き》た今《いま》となっては、いよいよ悪《あ》しき時代《じだい》のおわりが近《ちか》いってことなんですよ。だれも思《おも》い出《だ》せないいくらいむかしの話《はなし》だけど、以前《いぜん》このあたりにアス

ランがいたそうです。しかし、あなたがた人間《にんげん》の仲間《なかま》はだれひとりとして来《き》たことはなかった。」

「そこがわからないんです、ビーバーさん」と、ピーター。「だって、魔女《まじょ》だって人間《にんげん》なんじゃないんですか？」

「私《わたし》らにはそう信《しん》じさせたがっていますがね」と、ビーバーさん。「そうして、それを根拠《こんきょ》に女王《じょおう》だと主張《しゅちょう》している。でも、イブのむすめなんかじゃない。あいつは、あなたがたの父祖《ふそ》アダムの――（ここでビーバーさんはおじぎをしました）――あなたがたの父祖《ふそ》アダムの最初《さいしょ》の妻《つま》、リリスと呼ばれる女《おんな》の血《ち》すじで、このリリスというのは幽鬼《ジン》の仲間《なかま》でした。あいつの母《はは》は幽鬼《ジン》で、父《ちち》は巨人《きょじん》なんです。いやいや、あの魔女《まじょ》には、本当《ほんとう》の人間《にんげん》の血《ち》なんか一《いっ》てきだってありゃしない。」

「だから、骨《ほね》のずいまで悪《わる》いやつなんですよね、あなた」と、ビーバー夫人《ふじん》。

「そうだよ、おまえ。」夫《おっと》のビーバーさんは答《こた》えました。「人間《にんげん》には、いい人《ひと》と悪《わる》い人《ひと》と両方《りょうほう》いる。（あなたがたのことを言《い》っているんではありませんよ。）でも、人間《にんげん》のふりをしながら人間《にんげん》でないものには、悪《わる》いやつしかいないんです。」

「いいこびとなら知《し》っていますけどね」と、ビーバー夫人《ふじん》。

「そりゃあ、私《わたし》だって知《し》っている」と、夫《おっと》のビーバーさんが言《い》いました。「でもごくわずかだね。しかも、そういうのにかぎって、人間《にんげん》に似《に》ていない。だけど、たいていのところ、いいかね、人《にん》間《げん》になりかけていてまだなっていないものとか、かつては人間《にんげん》だったけれど今《いま》はちがうとか、人《にん》間《げん》のはずなのにそうじゃないとか、そういうものに出会《であ》ったら、相手《あいて》から目《め》をはなさず、手《て》おのに手《て》をのばさなきゃならん。まあ、そういうわけで、魔女《まじょ》はいつもナルニアに人間《にんげん》はいないかと見《み》はっているんだ。もう何年《なんねん》も、あなたがたのことを警戒《けいかい》している。あなたがたが四人《にん》いると知《し》ったら、いよいよもってあぶなくなるね、あの魔女《まじょ》は。」

「どうしてですか？」ピーターがたずねました。

「もうひとつ予言《よげん》があってね」と、ビーバーさん。「ずっと遠《とお》く、ケア・パラベル――というのは、この川《かわ》が流《なが》れこんでいる海岸《かいがん》にある城《しろ》で、本当《ほんとう》なら国全体《くにぜんたい》の首都《しゅと》のはずなんだが――そのケア・パラベルに四つの玉座《ぎょくざ》があって、アダムのむすこふたりとイブのむすめふたりがその四つの玉座《ぎょくざ》にすわれば、白《しろ》の魔女《まじょ》の支配《しはい》がおわるのみならず、魔女《まじょ》の命《いのち》もおわると、はるかむかしのナルニアの言《い》い伝《つた》えに言《い》われているんだ。だから、ここに来《く》るとちゅうも、ああやって気《き》をつけなければならなかったんだよ。

なにしろ、魔女《まじょ》があなたがた四人《にん》に気《き》がつけば、あなたがたの命《いのち》は、このひげがゆれるよりかんたんに、あっさりと消《き》えちまうからね！」

子《こ》どもたちはいっしょけんめいビーバーさんのお話《はなし》を聞《き》いていたので、長《なが》いこと、そのほかのことに気《き》がつきませんでした。けれども、ビーバーさんが話《はな》しおえて、みんながしんとしていたとき、とつぜんルーシーが言《い》いました。

「ねえ――エドマンドはどこ？」

おそろしい沈黙《ちんもく》が流《なが》れました。それから、みんなが口々《くちぐち》にたずねあいました。

「最後《さいご》にエドを見《み》たのはだれ？　いつからいない？　表《おもて》にいない？」

それから、みんなはドアのところにかけていって、外《そと》をのぞきました。

雪《ゆき》がどっさり、しんしんと降《ふ》っていて、緑色《みどりいろ》だった池《いけ》の氷《こおり》は厚《あつ》い雪《ゆき》の白《しろ》い毛布《もうふ》をかぶって見《み》えなくなってしまい、ダムのまんなかに建《た》っている小《ち》さな家《いえ》からは、どちらの岸《きし》もあまりよく見《み》えませんでした。みんなは外《そと》へ出《で》ました。やわらかい新雪《しんせつ》のなかにくるぶしまでずぼっと足《あし》をつっこみながら、家《いえ》のまわりを四方八方《しほうはっぽう》さがしました。

「エドマンド！　エドマンド！」

みんな、声《こえ》がかれるまでさけびましたが、みんなの声《こえ》は、静《しず》かに降《ふ》りつづける雪《ゆき》につつまれて消《き》えてしまうように思《おも》え、こだまひとつかえってきませんでした。

とうとうみんなが絶望《ぜつぼう》して帰《かえ》ってきたときに、スーザンが言《い》いました。

「なんておそろしいこと！　ああ、こんなところ、来《こ》なきゃよかった。」

「どうしたらいいんでしょう、ビーバーさん？」ピーターが言《い》いました。

「どうしたら？」

もう雪《ゆき》ぐつをはきにかかっていたビーバーさんは言《い》いました。

「どうしたらだって？　すぐに出《で》かけなきゃ。一刻《いっこく》もむだにできない！」

「四つに分《わ》かれてさがしましょう」と、ピーター。「別々《べつべつ》の方角《ほうがく》に行《い》くんです。エドを見《み》つけたら、すぐにここにもどってきて――」

「分《わ》かれてさがすって、アダムのむすこさん？」と、ビーバーさん。「なんのために？」

「エドマンドをさがすために決《き》まってますよ！」

「さがす必要《ひつよう》はないよ」と、ビーバーさん。

「どういうこと？」と、スーザン。「まだ遠《とお》くには行《い》っていないわ。見《み》つけなきゃ。さがす必要《ひつよう》はないってどういうことですか？」

「さがす必要《ひつよう》がないのは、」と、ビーバーさん。「どこに行《い》ったか、わかっているからさ！」

みんなはびっくりして目《め》をみはりました。

「わからないかね？」と、ビーバーさん。「白《しろ》の魔女《まじょ》のところに行《い》ったんだよ。みんなをうらぎったんだ。」

「え、そんな――そんな、まさか！」と、スーザン。「そんなこと、エドがするはずないわ。」

「するはずがない？」

ビーバーさんが、三人《にん》の子《こ》どもたちをじろりときびしく見《み》ながら言《い》いましたので、みんなが言《い》おうとしていたことは口《くち》に出《で》る前《まえ》に消《き》えてしまいました。

みんなは、ふいにわかったのです。それこそまさにエドマンドがしたことだ、と。

「でも、道《みち》がわかるでしょうか？」と、ピーター。

「あの子《こ》は前《まえ》にこの国《くに》に来《き》たことがあるかね？」ビーバーさんがたずねました。「この国《くに》でひとりきりになったことは？」

「あるわ」と、ルーシーがささやくように言《い》いました。「ある。」

「そのとき、なにをしたとか、だれと会《あ》ったとか、話《はな》さなかったかい？」

「えっと、ううん、話《はな》さなかった」と、ルーシー。

「では、よく聞《き》きたまえ」と、ビーバーさん。「あの子《こ》はすでに白《しろ》の魔女《まじょ》と出会《であ》い、その味方《みかた》となって、魔女《まじょ》のすみかを教《おし》えてもらったんだ。今《いま》まで言《い》いたくはなかったんだが（あの子《こ》はあなたがたのきょうだいだしね）、はじめてあの子《こ》を見《み》たとき、『うらぎりもの』だとすぐわかった。魔女《まじょ》といっしょにいて、魔女《まじょ》の食《た》べ物《もの》を食《た》べたことのある者《もの》のようすをしていた。ナルニアに長《なが》く住《す》んでいるとわかるんだ。目《め》つきがちがうからね。」

「それでもやっぱり、さがしに行《い》かなくちゃ。ひどいいじわるをするやつだとしても、ぼくたちのきょうだいなんです。それにまだ、子《こ》どもだし。」

ピーターが、ひどく息《いき》をつまらせたような声《こえ》で言《い》いました。

「魔女《まじょ》の館《やかた》に行《い》くですって？」と、ビーバー夫人《ふじん》。「あの子《こ》を救《すく》うにしろ、あなたたち自身《じしん》を救《すく》うにしろ、唯一《ゆいいつ》の方法《ほうほう》は魔女《まじょ》に近《ちか》づかないことだって、わからない？」

「どういうこと？」と、ルーシー。

「だって、魔女《まじょ》は、あなたたち四人《にん》をつかまえたくてうずうずしているのよ。（いつだってケア・パラベルのあの四つの玉座《ぎょくざ》のことを考《かんが》えていますからね。）四人《にん》とも魔女《まじょ》の館《やかた》に入《はい》ったら、むこうの思《おも》うつぼです。あなたたちがひとことも口《くち》をきかないうちから、魔女《まじょ》のコレクションに新《あたら》しい像《ぞう》が四つくわえられるでしょう。でも、エドひとりしかつかまえられないなら、ずっとエドを生《い》かしておくでしょう。おとりに使《つか》うためにね。のこりのみんなをつかまえるためのえさですよ。」

ルーシーが泣《な》き声《ごえ》をあげました。

「ああ、だれか助《たす》けてくれる人《ひと》はいないの？」

「アスランだけです」と、ビーバーさん。「会《あ》いに行《い》きましょう。もうアスランにたよるしかありません。」

「ねえ、みなさん。」ビーバー夫人《ふじん》が言《い》いました。「いつ、あの子《こ》はぬけ出《だ》したのかしら。とても大切《たいせつ》なことなの。魔女《まじょ》にどんな告《つ》げ口《ぐち》をするかは、あの子《こ》がどれくらい私《わたし》たちの話《はなし》を聞《き》いたかによるでしょ。たとえば、あの子《こ》がいなくなる前《まえ》にアスランの話《はなし》をしたかしら？　もししてなければ、安心《あんしん》できるわ。だって、アスランがナルニアにやってきたことが魔女《まじょ》にばれず、私《わたし》たちがアスランに会《あ》おうとしていると知《し》られずにすめば、魔女《まじょ》は油断《ゆだん》するでしょうから。」

「アスランのことを話《はな》していたときに、あいつがいたかどうか、覚《おぼ》えてないなあ」と、ピーターが言《い》いはじめたとき、ルーシーが口《くち》をはさみました。

「いたわ。」がっかりしたようにルーシーは言《い》いました。「覚《おぼ》えてない？　魔女《まじょ》はアスランも石《いし》に変《か》えられないのって聞《き》いたのはエドよ。」

「ああ、そうだ。なんてこった！　しかも、まさにあいつが言《い》いそうなことじゃないか！」

「ますますよくないね」と、ビーバーさん。「じゃあ、つぎはこれだ。アスランと会《あ》う場所《ばしょ》は石《いし》舞台《ぶたい》だって話《はな》したとき、あの子《こ》はまだここにいたかな?」

もちろん、だれひとり、この質問《しつもん》に答《こた》えられませんでした。

「なぜなら、もしここにいたなら、」と、ビーバーさんはつづけました。「魔女《まじょ》は石舞台《いしぶたい》にそりを走《はし》らせ、そこへむかうわれわれの先回《さきまわ》りをして、とちゅうでわれわれをつかまえるだろう。きっとわれわれは、アスランに会《あ》えなくなってしまう。」

「でも、魔女《まじょ》がまずやるのは、そういうことじゃありませんよ」と、ビーバー夫人《ふじん》。「私《わたし》が知《し》っているあの女《おんな》だったら、そうじゃありません。私《わたし》たちがみんなここにいるとエドマンドが告《つ》げた瞬間《しゅんかん》に、今晩《こんばん》のうちにでも私《わたし》たちをつかまえようと、ここへやってくるわ。あの子《こ》が三十分前《さんじっぷんまえ》に出《で》たとしたら、あと二十分《にじっぷん》でここに来《く》るわね。」

「そのとおりだ、おまえ」と、夫《おっと》のビーバーさんは言《い》いました。「ここからにげなきゃならん。一刻《いっこく》のゆうよもならん。」

9 魔女《まじょ》の館《やかた》で

さてそれでは、エドマンドはいったいどうなってしまったのでしょうか。もちろんみなさん、知《し》りたいですよね。

あのときエドマンドは、出《だ》された夕《ゆう》ごはんを食《た》べたのですが、あまりおいしいとは思《おも》いませんでした。ターキッシュ・ディライトのことばかり考《かんが》えていたからです。悪《わる》い魔《ま》法《ほう》の食《た》べ物《もの》の思《おも》い出《で》ほど、おいしいふつうの食《しょく》事《じ》の味《あじ》をだめにしてしまうものはありません。

みんなの話《はなし》もエドマンドの耳《みみ》には入《はい》っていましたが、みんなが自《じ》分《ぶん》のことを無《む》視《し》して相《あい》手《て》にしてくれないとひがんでいたので、やっぱりおもしろくありませんでした。無《む》視《し》なんてしていなかったのですが、エドマンドはそんなふうに思《おも》いこんでしまったのです。

そのうちに、ビーバーさんがアスランのことを話《はな》すまで聞《き》いていて、アスランと石《いし》舞《ぶ》台《たい》で会《あ》う計《けい》画《かく》もすっかり聞《き》いてしまいました。

そのときなのです、エドマンドがドアにかかっているカーテンのうしろにじりっじりっと入《はい》っていったのは。

というのもアスランの名前《なまえ》を聞《き》くと、なんとも知《し》れぬこわい感《かん》じがしたからです。ちょうどほかのみんなには、なんとも知《し》れぬ心《こころ》あたたまる感《かん》じがしたのですが。

ビーバーさんが「アダムの肉《にく》とアダムの骨《ほね》」の歌《うた》を歌《うた》っていたとき、エドマンドはとても静《しず》かにドアの取《と》っ手《て》を回《まわ》していました。そして、ビーバーさんが、白《しろ》の魔女《まじょ》は本当《ほんとう》は人間《にんげん》ではなく、幽鬼《ジン》と巨人《きょじん》から生《う》まれたものだと話《はな》しだしたときは、もうエドマンドは外《そと》の雪《ゆき》のなかに出《で》てしまっており、そっと、うしろ手《で》でドアを閉《し》めていたのでした。

エドマンドが本当《ほんとう》に自分《じぶん》のきょうだいを石《いし》に変《か》えてしまいたいと思《おも》うほど悪《わる》い子《こ》だったなんて考《かんが》えないでくださいね。ただターキッシュ・ディライトがほしくて、王子《おうじ》さまに（そしてやがては王《おう》さまに）なって、自分《じぶん》のことを人《ひと》でなしだなんて呼《よ》んだピーターを見《み》かえしてやりたかっただけなのです。

魔女《まじょ》がみんなにとくにやさしくしなくてもかまわなかったし、エドマンドだけ特別《とくべつ》あつかいにしてくれているのを絶対《ぜったい》やめてほしくないと思《おも》っていました。まさかみんなにとてもひどいことをするはずがないと思《おも》いこもうとして、むりをしていたのでした。

「だって、女王《じょおう》を悪《わる》く言《い》う人《ひと》たちはみんな女王《じょおう》の敵《てき》だから、たぶん半分《はんぶん》はうそっぱちさ。ぼくにはとてもやさしくしてくれたし、とにかく、みんなよりずっとずっとやさしくしてくれた。きっと本物《ほんもの》の女王《じょおう》さまなんだ。とにかく、おっかなーいアスランよりはずっとましさ！」

少《すく》なくともそんな言《い》いわけを心《こころ》のなかでしながら、エドマンドは魔女《まじょ》のところへ行《い》ったわけです。でも、あまりよい言《い》いわけではありませんでした。だって、本当《ほんとう》のところは、エドマンドにもわかっていたのです。白《しろ》の魔女《まじょ》は悪《わる》くて、ざんこくな人《ひと》だ、と。

外《そと》に出《で》て、まわりに雪《ゆき》が降《ふ》っているのを見《み》て、エドマンドが最初《さいしょ》に気《き》づいたことは、ビーバーさんの家《いえ》にコートを忘《わす》れてきてしまったということでした。もちろん、今《いま》さら取《と》りにもどるわけにもいきません。

つぎに気《き》づいたのは、もう日《ひ》がすっかり暮《く》れていたということです。夕《ゆう》ごはんを食《た》べはじめたのは三時《じ》ごろでしたが、冬《ふゆ》は日《ひ》が短《みじか》いのです。エドマンドはそれを計算《けいさん》に入《い》れていませんでした。しかし、なんとかしなければなりませんでしたから、えりを立《た》てて、ダムの上《うえ》をすり足《あし》でわたって（さいわいなことに、雪《ゆき》が降《ふ》ったためにそれほどすべらなくなっていました）、川《かわ》のむこう岸《ぎし》へ出《で》ました。

ようやく川岸《かわぎし》に着《つ》いたときには、事態《じたい》は最悪《さいあく》でした。刻一刻《こくいっこく》と暗《くら》くなってきていましたし、そのうえ、あたり一面雪《いちめんゆき》が舞《ま》って、一メートル先《さき》もはっきり見《み》えないほどでした。しかも、道《みち》らしきものが一切《いっさい》なかったのです。

何度《なんど》も深《ふか》い雪《ゆき》のふきだまりのなかにつっぷして、こおった水《みず》たまりで足《あし》をすべらせ、たおれた木《き》の幹《みき》にけつまずき、急《きゅう》な坂《さか》をころげ落《お》ち、むこうずねを岩《いわ》でしたたかすりむき、びしょぬれで冷《ひ》えきって、傷《きず》だらけになってしまいました。

あたりはしんと静《しず》まりかえり、ひとりぼっちでいることの心細《こころぼそ》さときたら、おそろしいものでした。もう少《すこ》しでなにもかもあきらめてひきかえし、すっかり白状《はくじょう》して、みんなと仲直《なかなお》りをしようと思《おも》うところでしたが、ふと、「ぼくがナルニアの王《おう》さまになったら、まっ先《さき》にちゃんとした道《みち》を作《つく》ろう」と口《くち》にしたのがきっかけで、王《おう》さまになったらなにをするかを考《かんが》えはじめ、それでかなり元気《げんき》を取《と》りもどしてしまったのでした。

どんなふうな宮殿《きゅうでん》に住《す》もうかとか、自動車《じどうしゃ》は何台《なんだい》がいいかとか、自分専用《じぶんせんよう》の映画館《えいがかん》はどんなふうになっているかとか、主《おも》な鉄道《てつどう》をどこに走《はし》らせるかとか、ビーバーにダムを作《つく》らせないためにどんな法律《ほうりつ》を作《つく》ろうかとか考《かんが》え、それからピーターに思《おも》い知《し》らせてやるための計画《けいかく》をいろいろ考《かんが》えぬいて、もう少《すこ》しで計画《けいかく》が完成《かんせい》するというそのとき、天気《てんき》が変《か》わりました。

まず、雪《ゆき》がやみました。それから急《きゅう》に風《かぜ》がふきだして、こごえるほど寒《さむ》くなりました。おしまいに雲《くも》が流《なが》れ去《さ》って、月《つき》が出《で》ました。満月《まんげつ》です。あたり一面《いちめん》の雪《ゆき》がすみずみまで照《て》らし出《だ》され、まるで昼間《ひるま》のように、なにもかもかがやきました。ただ、かげがくっきりと出《で》て、不気味《ぶきみ》でした。月《つき》が出《で》てくれなかったら、とうてい道《みち》がわからなかったでしょうが、ちょうどもうひとつの川《かわ》に着《つ》く前《まえ》に月《つき》が出《で》てくれたので助《たす》かりました。もうひとつの川《かわ》というのは——みなさんは覚《おぼ》えていますよね、(ビーバーさんの家《いえ》にはじめて着《つ》いたときに)大《おお》きな川《かわ》の下《した》のほうに小《ちい》さな川《かわ》が流《なが》れているのをエドマンドが見《み》た、あの川《かわ》です。エドマンドは今《いま》そこまでたどりついて、それを上流《じょうりゅう》にたどっていこうとしていたのです。

ところが、その川《かわ》が流《なが》れている小《ちい》さな谷《たに》は、さっきの谷《たに》よりもずっと急《きゅう》で、岩《いわ》やしげみだらけだったので、まっ暗《くら》だったらちっとも進《すす》むことができなかったことでしょう。月《つき》が出《で》ていても、枝《えだ》の下《した》に身《み》をかがめたときに大《おお》きな雪《ゆき》のかたまりがどさっと背中《せなか》に落《お》ちてきて、全身《ぜんしん》びしょぬれになってしまいました。こんなことが起《お》こるたびに、エドマンドは、ピーターなんて大《だい》っきらいだと思《おも》ったのです——あたかもそれがピーターのせいであるかのように。

しかし、ついに、少《すこ》し平《たい》らで、谷《たに》がひらけたところまでやってきました。月《つき》はいよいよ明《あか》るくかがやいています。そして川《かわ》のむこう、ふたつの丘《おか》のあいだの、そんなに遠《とお》くない小《ちい》さな平原《へいげん》のまんなかに、白《しろ》の魔女《まじょ》の館《やかた》にちがいないものが見《み》えました。

館《やかた》というのは、本当《ほんとう》は小《ちい》さな城《しろ》でした。どこもかしこも塔《とう》のようで、針《はり》のようにするどく長《なが》くとがった尖塔《せんとう》がずらりとならんでいて、まるで大《おお》きな魔法使《まほうつか》いのぼうしか道化《どうけ》のぼうしのように見《み》えました。それがきらきらと月明《つきあ》かりに照《て》らされて、その長《なが》いかげが雪《ゆき》の上《うえ》に不気味《ぶきみ》に落《お》ちていました。エドマンドは、この城《しろ》がこわくなってきました。

けれども、今《いま》さらあともどりなんてできません。エドマンドは、こおった川《かわ》をわたって、城《しろ》まで歩《ある》いていきました。動《うご》くものはなにもありませんし、かすかな物音《ものおと》ひとつしません。自分《じぶん》の足音《おと》でさえ、新《あたら》しくつもった深《ふか》い雪《ゆき》にのみこまれて聞《き》こえません。エドマンドは、玄関《げんかん》を見《み》つけようとして、城《しろ》の角《かど》をひとつ、またひとつと曲《ま》がり、小《ちい》さな塔《とう》をひとつ、またひとつと通《とお》りすぎて歩《ある》きつづけました。

ぐるりとまわって、ようやく玄関《げんかん》が見《み》つかりました。玄関《げんかん》は巨大《きょだい》なアーチ（弓《ゆみ》の形《かたち》のように上《うえ》がまるくなっている門《もん》）になっていましたが、大《おお》きな鉄《てつ》のとびらはあいたままになっていました。

エドマンドはアーチのところまでしのびよって、中庭《なかにわ》をのぞきこんでみました。すると、もう少《すこ》しで心臓《しんぞう》がとまるかと思《おも》うような光景《こうけい》が目《め》にとびこんできました。門《もん》のすぐ内側《うちがわ》に、月明《つきあ》かりをあびて、大《おお》きなライオンがとびかからんばかりに身《み》をかがめていたのです。

エドマンドは門《もん》のかげにかくれて、前《まえ》に進《すす》むこともうしろにさがることもこわくてできず、ひ

ざをがたがたふるわせていました。あまりにも長《なが》いあいだそこに立《た》っていたので、おそろしさのせいでなくとも、寒《さむ》さのせいで、歯《は》ががちがち鳴《な》りそうでした。どれくらいそのままでいたのかわかりませんが、エドマンドには何時間《なんじかん》にも思《おも》えました。

そのうちにとうとう、どうしてライオンはこんなにじっと立《た》っているんだろうとふしぎに思《おも》えてきました——だって、最初《さいしょ》に見《み》たときから、一《いっ》センチも動《うご》いていないのです。エドマンドは、思《おも》いきって、できるかぎり門《もん》のかげから出《で》ないようにしながら、少《すこ》し近《ちか》づいてみることにしました。

その立《た》ち姿《すがた》をよく見《み》ると、ライオンはこちらのほうをぜんぜん見《み》ていないことがようやくわかりました。「でも、こっちをふりかえったらどうしよう？」と、エドマンドは思《おも》いました。）じつのところ、ライオンはほかのだれかをじっとにらんでいたのです。それは、百二十《ひゃくにじっ》センチぐらい先《さき》でライオンに背《せ》をむけているこびとでした。「よし！」と、エドマンドは思《おも》いました。「こびとにおそいかかったときが、ぼくがにげるチャンスだ。」

でも、やっぱりライオンは少《すこ》しも動《うご》きません。こびともです。ここでようやくエドマンドは、白《しろ》の魔女《まじょ》がひとを石《いし》に変《か》えてしまうとみんなが話《はな》していたことを思《おも》い出《だ》しました。

ひょっとすると、これはただの石《いし》のライオンなんだ。

そう思《おも》ったとたん、ライオンの背中《せなか》と頭《あたま》のてっぺんに雪《ゆき》がつもっていることに気《き》がつきました。もちろん、ただの石像《せきぞう》にちがいありません！　生《い》きている動物《どうぶつ》だったら雪《ゆき》をかぶったままでいるはずがないのです。

心臓《しんぞう》が破《は》れつするんじゃないかと思《おも》うくらいどきどきしながら、エドマンドは、そうっとライオンに近《ちか》づいてみました。わかっていても、ライオンにさわるのはこわくてしかたがなかったのですが、ついに、さっと手《て》を出《だ》して、さわってみました。冷《つめ》たい石《いし》でした。エドマンドがこわがっていたのは、やっぱりただの石像《せきぞう》だったのでした！

ああ、よかったとほっとする気持《きも》ちがとても強《つよ》かったので、寒《さむ》かったにもかかわらず、たちまち足先《あしさき》まで体《からだ》があたたまり、同時《どうじ》に、とってもすばらしい考《かんが》えを思《おも》いつきました。そのときは、すばらしいと思《おも》えたのです。

「きっと」と、エドマンドは考《かんが》えました。「これって、みんなが話《はな》していた、りっぱなライオンのアスランじゃないかな。魔女《まじょ》がとっくにつかまえて、石《いし》に変《か》えちゃったんだ。つまり、みんながアスランについてあれこれ考《かんが》えていることはみんな、おじゃんだ！　へっ、アスランなんかこわいもんか！」

そしてエドマンドは、石《いし》のライオンにむかって、どんなもんだいというえらそうな態度《たいど》を取《と》りました。そして、とてもくだらない子《こ》どもじみたことをしました。ちびたえんぴつをポケットから取《と》り出《だ》して、ライオンの口《くち》の上《うえ》にひげをかき、目《め》にメガネをかいたのです。そして、こう言《い》いました。

「やあい！　ばかな老《お》いぼれアスラン！　石《いし》になってらぁ。ざまあみろ！　自分《じぶん》がすっごくかっこいいつもりだったんだろ？」

でも、顔《かお》に落書《らくが》きをされても、大《おお》きな石《いし》のけものの顔《かお》は、やはりとてもいかめしく、悲《かな》しげで、気高《けだか》く、じっと月明《つきあ》かりを見《み》あげていましたので、からかってもちっともおもしろくありませんでした。エドマンドは、向《む》きを変《か》えると、中庭《なかにわ》を歩《ある》きはじめました。

まんなかまで来《き》てみると、チェスのゲーム中《ちゅう》にチェス盤《ばん》のあちこちにコマが立《た》つように、あちこちに何十《なんじゅう》もの像《ぞう》が立《た》っていました。森《もり》の精霊《せいれい》サテュロスやオオカミも石《いし》になっており、石《いし》のクマや、石《いし》のキツネや、石《いし》のオオヤマネコもいました。美《うつく》しい姿《すがた》の石《いし》は人間《にんげん》の女《おんな》の人《ひと》かしらと思《おも》えましたが、本当《ほんとう》は木《き》の精《せい》でした。半人半馬《ケンタウロス》のりっぱな姿《すがた》や、つばさの生《は》えた馬《うま》や、竜《りゅう》かなあとエドマンドが思《おも》った、にょろにょろと長《なが》い生《い》き物《もの》もいました。

どれもこれもまるで生《い》きているようでありながら、かがやく冷《つめ》たい月《つき》の光《ひかり》をあびてぴくりとも動《うご》かずに立《た》っているのはとってもふしぎな感《かん》じがしたので、中庭《なかにわ》を通《とお》りぬけるのは、まったくうす気味《きみ》の悪《わる》いことでした。

中央《ちゅうおう》には、巨大《きょだい》な人間《にんげん》のようなかたちをした像《ぞう》が立《た》っていましたが、木《き》のように高《たか》く、いかめしい顔《かお》にひげをぼうぼうに生《は》やし、右手《みぎて》に大《おお》きなこん棒《ぼう》を持《も》っていました。ただの石《いし》の巨人《きょじん》であって、生《い》きてはいないのだとわかっていても、その前《まえ》を通《とお》りたくはありませんでした。

このとき、中庭《なかにわ》のずっとむこうの入《い》り口《ぐち》からかすかな明《あ》かりがもれていることに気《き》がつきました。近《ちか》づいてみると、石《いし》の階段《かいだん》が上《うえ》につづいていて、その先《さき》のドアがあいています。エドマンドは階段《かいだん》をあがってみました。戸口《とぐち》のしきいには、大《おお》きなオオカミがねそべっています。

「だいじょうぶ、だいじょうぶ。」

エドマンドは何度《なんど》も自分《じぶん》に言《い》い聞《き》かせました。

「石《いし》のオオカミなんだから、こわくない。」

そして、それをまたごうとして、片足《かたあし》をあげたときです。またたくまに、その巨大《きょだい》な動物《どうぶつ》は立《た》ちあがり、背中《せなか》の毛《け》を逆立《さかだ》てて、大《おお》きな赤《あか》い口《くち》をあけて、うなるような声《こえ》で言《い》ったのです。

「だれだ？　だれだ？　動《うご》くな、あやしいやつ。名《な》を名乗《なの》れ。」

「すみません。」

エドマンドはふるえてしまって、声《こえ》がなかなか出《で》てきませんでした。

「ぼ、ぼく、エドマンドと言《い》います。こないだ、森《もり》で女王陛下《じょおうへいか》にお目《め》にかかったアダムのむすこで、ぼくのきょうだいがナルニアにやってきたという知《し》らせをもってきたんです――みんな、すぐそこのビーバーのうちにいます。じょ――女王陛下《じょおうへいか》がお会《あ》いになりたいとおっしゃっていたので。」

「女王陛下《じょおうへいか》にお知《し》らせしよう。そのあいだ、この戸口《とぐち》でじっとしていろ。命《いのち》がおしいならな。」

そう言《い》って、オオカミは、城《しろ》のなかに消《き》えていきました。

エドマンドはじっと待《ま》ちました。寒《さむ》くて指先《ゆびさき》がじんじんと痛《いた》くなり、心臓《しんぞう》がどきんどきんと鳴《な》りました。やがてあの灰色《はいいろ》のオオカミ、すなわち魔女《まじょ》の秘密警察長官《ひみつけいさつちょうかん》モーグリムが、はずむようにもどってきて言《い》いました。

「入《はい》れ！　入《はい》れ！　女王《じょおう》のお気《き》に入《い》りでよかったな――よかったかどうか、知《し》らないが。」

そこでエドマンドは、オオカミの足《あし》をふまないようにとても気《き》をつけながら、城《しろ》のなかへ入《はい》りました。

そこは、たくさんの柱《はしら》が立《た》ちならんだ長《なが》くて暗《くら》い広間《ひろま》でした。中庭《なかにわ》と同《おな》じように、像《ぞう》がぎっしりならんでいました。ドアにいちばん近《ちか》いところにあった像《ぞう》は、とてもさびしそうな顔《かお》をした小《ちい》さなフォーンでしたので、これがルーシーのお友《とも》だちなのかなとエドマンドは思《おも》いました。光《ひかり》は小《ちい》さなランプ以外《いがい》にはなく、ランプのすぐそばに白《しろ》の魔女《まじょ》がすわっていました。

「やってきました、陛下《へいか》」と、エドマンドは、思《おも》わず前《まえ》へ走《はし》り出《で》て言《い》いました。

「なぜ、ひとりで来《き》た？」魔女《まじょ》はおそろしい声《こえ》で言《い》いました。「ほかの者《もの》たちもつれてこいと言《い》ったはずだ！」

「どうか、陛下《へいか》」と、エドマンド。「できるだけのことはしたんです。近《ちか》くまでつれてきました。川《かわ》をあがったところにあるダムの上《うえ》の小《ちい》さな家《いえ》に――ビーバー夫婦《ふうふ》といっしょにいます。」

ゆっくりと、ざんこくそうな笑《え》みが、魔女《まじょ》の顔《かお》にあらわれました。

「知《し》らせとはそれだけか？」魔女《まじょ》はたずねました。

「いいえ、陛下《へいか》。」

エドマンドは、ビーバーさんの家《いえ》を出《で》る前《まえ》に耳《みみ》にしたことをすべて話《はな》しました。

「なんと！　アスランが？」女王《じょおう》はさけびました。「アスランが！　まことか？　うそなどつこうものなら――」

「ぼ、ぼくはみんなが言《い》っていたことを、お、お伝《つた》えしているだけです。」

エドマンドは、つっかえつっかえ言《い》いました。

けれども、女王《じょおう》はもはやエドマンドの言《い》うことなど聞《き》いてはおらず、手《て》をたたきました。するとただちに、以前《いぜん》いっしょにいたあのこびとがあらわれました。

「そりのしたくをせよ。」魔女《まじょ》は命《めい》じました。「鈴《すず》のついていない馬具《ばぐ》をつけよ。」

10 魔法《まほう》が解《と》けはじめる

　さて、ビーバーさん夫婦《ふうふ》と三人《にん》の子《こ》どもたちの話《はなし》にもどりましょう。

　ビーバーさんが「一刻《いっこく》のゆうよもならん」と言《い》ったとたん、みんなはコートに身《み》をつつみはじめました。ただし、ビーバー夫人《ふじん》だけは別《べつ》で、袋《ふくろ》を取《と》り出《だ》して、テーブルの上《うえ》に置《お》きながらこう言《い》いだしたのです。

「さあ、あなた、あのハムをおろしてくださいな。これはお茶《ちゃ》の袋《ふくろ》、これはお砂糖《さとう》、そしてマッチと。どなたか、あの角《かど》のつぼからパンを二、三斤《きん》取《と》ってくださらないかしら。」

「なにをしているんですか、ビーバーのおくさん？」スーザンは、さけびました。

「みんなのための荷《に》づくりですよ、おじょうさん。」

　ビーバー夫人《ふじん》は、とても冷静《れいせい》に言《い》いました。

「まさか、なにも食《た》べる物《もの》も持《も》たずに旅《たび》に出《で》るだなんて思《おも》っていないでしょ？」

「でも、時間《じかん》がないんです！　もう、今《いま》にも魔女《まじょ》がここに来《き》ちゃう」

と、スーザンは、コートのえりのボタンをとめながら言《い》いました。

「そう、私《わたし》はそう言《い》ったぞ。」

ビーバーさんも調子《ちょうし》を合《あ》わせてくれました。

「よく言《い》うわ」と、ビーバー夫人《ふじん》。「考《かんが》えてもごらんなさいな、あなた。魔女《まじょ》がここに来《く》るには、少《すく》なくともあと十五分《ふん》はかかりますよ。」

「でも、できるだけ早《はや》く出発《しゅっぱつ》したほうがいいんじゃありませんか」と、ピーター。「魔女《まじょ》より先《さき》に石舞台《いしぶたい》に着《つ》くつもりなら？」

「それを忘《わす》れちゃいけないわ、ビーバーのおくさん」と、スーザン。「魔女《まじょ》はここをのぞいて、私《わたし》たちが行《い》ってしまったあとだとわかれば、全速力《ぜんそくりょく》で追《お》いかけてくるわ。」

「そうでしょうね」と、ビーバー夫人《ふじん》。「でも、どんなにがんばったって、私《わたし》たちが魔女《まじょ》より先《さき》に着《つ》くのはむりですよ。むこうはそりに乗《の》っていて、こっちは歩《ある》きなんですからね。」

「じゃあ――もう、だめってこと？」と、スーザン。

「さあさあ、さわぎたてたりしないで、いい子《こ》だから」と、ビーバー夫人《ふじん》。「引《ひ》き出《だ》しからきれいなハンカチを六枚《まい》ほど出《だ》してちょうだい。もちろん、だいじょうぶですよ。魔女《まじょ》より先《さき》に行《い》き着《つ》けなくても、やりすごして、むこうの思《おも》いもよらないようなやりかたで、きっと着《つ》けますよ。」

「そのとおりだ、おまえ」と、ビーバーさんが言《い》いました。「だが、もうこの話《はなし》はおしまいにして、出《で》かけよう。」

「あなたまでさわぎたてないでくださいよ。さあてと。これでいいわ。荷物《にもつ》が五つ。いちばん小《ちい》さいのは、いちばん小《ちい》さい人用《ひとよう》ね。あなたのことよ」と、ルーシーを見《み》ながら、ビーバー夫人《ふじん》は言《い》いました。

「ねえ、ほんとに、もう行《い》きましょうよ」と、ルーシー。

「そうね、もう、これでおわりにしますからね。」

ようやくビーバー夫人《ふじん》はそう答《こた》えると、雪《ゆき》ぐつをはくのをビーバーさんに手伝《てつだ》ってもらいました。

「ミシンはもっていくには重《おも》たすぎるわね？」

「ああ、重《おも》たすぎるよ」と、ビーバーさん。「ものすごぉく重《おも》たすぎる。まさか、にげている最《さい》中《ちゅう》にミシンを使《つか》おうなんて考《かんが》えているんじゃないだろうね？」

「あの魔女《まじょ》にいじられると思《おも》うだけで、いやなんですよ」と、ビーバー夫人《ふじん》。「こわされたり、ぬすまれたりするかもしれないし。」

「ねえ、おねがい、おねがい、おねがい、急《いそ》いで！」

三人《にん》の子《こ》どもたちが言《い》いました。

ついに、みんなは外《そと》に出《で》て、ビーバーさんはドアにかぎをかけました。（「時間《じかん》かせぎになる」と言《い》って。）そして、みんなは、肩《かた》に荷物《にもつ》をかけて出発《しゅっぱつ》しました。

もう雪《ゆき》はやんでいて、月《つき》が出《で》ていました。先頭《せんとう》はビーバーさん、そのあとがルーシー、つぎにピーター、それからスーザンで、最後《さいご》にビーバー夫人《ふじん》というふうに、一列《れつ》になって進《すす》みました。ビーバーさんは、ダムをわたり、川《かわ》の右岸《うがん》を歩《ある》き、川辺《かわべ》の林《はやし》をぬけて、ひどいでこぼこ道《みち》を通《とお》っていきました。谷《たに》の両側《りょうがわ》の斜面《しゃめん》が、月明《つきあ》かりに照《て》らされて、ずっと上《うえ》のほうまでよく見《み》えました。

「できるかぎり低《ひく》いところを通《とお》っていったほうがいい」と、ビーバーさん。「そりはここまでおりてこられないからね。魔女《まじょ》は上《うえ》を通《とお》るしかないんだ。」

すわり心地《ごこち》のいいアームチェアに身《み》をしずめて窓《まど》ごしにながめていたなら、すてきな景色《けしき》と言《い》えたことでしょう。こんなときでも、はじめのうち、ルーシーは景色《けしき》を楽《たの》しんでいました。でも、歩《ある》きに歩《ある》き――そのうえ、さらに歩《ある》かなければならなくなると――背中《せなか》の荷物《にもつ》がどんどん重《おも》く感《かん》じられ、ルーシーは、がんばりつづけるのはむりなんじゃないかしらと思《おも》いはじめました。

氷《こおり》の滝《たき》やこおりついた川《かわ》がきらきらしてきれいだったのも、ルーシーは見《み》るのをやめてしまいました。木々《きぎ》につもった大《おお》きな白《しろ》い雪《ゆき》ぼうしにも、まぶしい満月《まんげつ》や満天《まんてん》の星《ほし》にも、もう目《め》をあげるのをやめて、ひたすら目《め》の前《まえ》の雪《ゆき》に目《め》を落《お》として、そこをパタ、パタ、パタ、パタといつまでもとまらないかのように進《すす》んでいくビーバーさんの小《ちい》さな短《みじか》い足《あし》だけを見《み》つめていました。

やがて、月《つき》が見《み》えなくなり、雪《ゆき》がまた降《ふ》りはじめました。ルーシーはついに歩《ある》きながらうとうとするほどつかれてしまったのですが、ビーバーさんが川岸《かわぎし》から右《みぎ》へそれて、急《きゅう》な斜面《しゃめん》をのぼり、かなり深《ふか》いしげみのなかへみんなをつれていこうとしていることに、ふと気《き》がつきました。

はっと目《め》をさましたルーシーは、ビーバーさんが斜面《しゃめん》にある小《ちい》さな穴《あな》に消《き》えていくところを見《み》ました。穴《あな》はしげみにかくれていて、いよいよ入《はい》ろうというところまで来《こ》ないと穴《あな》があることがわかりません。じつのところ、ビーバーさんが短《みじか》い平《たい》らなしっぽだけ残《のこ》して消《き》えてしまったとき、ルーシーはなにが起《お》こっているのかさっぱりわかりませんでした。

ルーシーはすぐに身《み》をかがめて、ビーバーさんのあとについて、はって穴《あな》に入《はい》りました。そのうしろから、はう音《おと》、ハアハアという息《いき》の音《おと》が聞《き》こえて、まもなくほかのみんなも入《はい》ってきました。

「いったいどこですか、ここは？」

ピーターの声《こえ》がしました。暗《くら》やみのなかで、つかれて青《あお》ざめているように聞《き》こえました。（青《あお》ざめた声《こえ》ってどんな声《こえ》か、みなさんにわかるといいのですが。）

「いざというときのための、ビーバーの古《ふる》いかくれ場所《ばしょ》です」と、ビーバーさん。「絶対秘密《ぜったいひみつ》の場所《ばしょ》です。たいしたところじゃないけれど、数時間《すうじかん》、ねむらなければね。」

「出発《しゅっぱつ》するとき、あんなにひどくさわぎたてないでくれたら、まくらぐらい持《も》ってきたのに」と、ビーバー夫人《ふじん》。

タムナスさんのすてきなほら穴《あな》とは比《くら》べものにならないな、とルーシーは思《おも》いました。地面《じめん》に穴《あな》があいているだけで、かわいていて土《つち》のにおいがします。なかは、かなりせまかったので、みんなが横《よこ》になると、ひと山《やま》の服《ふく》のかたまりのようになりました。そのせいもあり、また、長《なが》いこと歩《ある》いてあたたまっていたせいもあって、みんなはほかほかと気持《きも》ちよくなりました。ほら穴《あな》の床《ゆか》がごつごつしてさえいなければよかったのですが！

それからビーバー夫人《ふじん》が暗《くら》やみのなかで小《ちい》さな水筒《すいとう》を出《だ》してくれたのを、みんなでまわして飲《の》みました。それは、飲《の》むと、むせたり、ふき出《だ》したり、のどがひりひりしたりするような飲《の》みものでしたが、飲《の》みくだしてみると、ほかほかとあったかい感《かん》じがしてきて、みんな、とたんにねむりに落《お》ちました。

起《お》きたのは、ほんのつぎの瞬間《しゅんかん》のようにルーシーには思《おも》えましたが、実際《じっさい》には何時間《なんじかん》もたっていました。少《すこ》し寒《さむ》くて、体《からだ》がひどくこわばっていて、熱《あつ》いおふろに入《はい》りたいなんて思《おも》いながらねむりからさめると、ほおが長《なが》いひげでくすぐられるのを感《かん》じ、目《め》をあけると、寒々《さむざむ》とした日光《にっこう》がほら穴《あな》の入《い》り口《ぐち》からさしこんでいるのが見《み》えました。

はっとして、すっかり目《め》をさますと、ほかのみんなも目《め》をさましていました。

じつは、みんな身《み》を起《お》こして、口《くち》と目《め》を大《おお》きくあけて、ある音《おと》に聞《き》き耳《みみ》をたてていたのです。ゆうべ歩《ある》いているあいだ、ときどき聞《き》こえた気《き》がして、ずっと気《き》になっていたあの音《おと》に。

それは、シャンシャンと鳴《な》る鈴《すず》の音《おと》でした。

ビーバーさんはその音《おと》を聞《き》くやいなや、いなずまのようにほら穴《あな》から飛《と》び出《だ》していきました。

ひょっとすると、ルーシーがちょっと思《おも》ったように、そんなことをしてはいけないと、みなさんも思《おも》ったかもしれませんね？　でも、それはとても分別《ふんべつ》のある行動《こうどう》だったのです。姿《すがた》を見《み》られずに、しげみやイバラのなかをくぐって斜面《しゃめん》のてっぺんまでさっとよじのぼれることをビーバーさんは知《し》っていました。そしてなにより、魔女《まじょ》のそりがどちらへむかったのか見《み》さだめておきたかったのです。ほかのみんなは、ほら穴《あな》のなかで、どうなることかと待《ま》っていました。五分《ふん》ほど待《ま》ったでしょうか。音《おと》が聞《き》こえてきて、みんなはとてもぞっとしました。何人《なんにん》かの声《こえ》がしたのです。

「ああ」と、ルーシーは思《おも》いました。「見《み》つかっちゃったんだ。魔女《まじょ》につかまった！」

その少《すこ》しあとに、ほら穴《あな》のすぐ外《そと》からみんなに呼《よ》びかけるビーバーさんの大声《おおごえ》が聞《き》こえたときには、みんなとてもおどろきました。

「だいじょうぶだよ。出《で》ておいで、おまえ。出《で》ておいで、アダムのむすこさん、イブのむすめさんたち。だいじょうぶだ。ちがったよ、あの女《おんな》、ちがう！」

もちろん、これは文法的《ぶんぽうてき》にまちがった言《い》いかたですが、興奮《こうふん》するとビーバーさんはこんな話《はな》しかたをするのです、ナルニアではね――私《わたし》たちの世界《せかい》では、ふつうビーバーはぜんぜん話《はな》しませんけれど。

そこで、ビーバー夫人《ふじん》と子《こ》どもたちは、どっとほら穴《あな》から出《で》てきました。みんな日光《にっこう》に目《め》をパチパチさせ、土《つち》だらけで、かなりむれた感《かん》じで、髪《かみ》もぼさぼさで、どろんとした目《め》をしていました。

「おいで！　見《み》に来《き》てごらん！　こいつは魔女《まじょ》にとっては痛《いた》い一撃《いちげき》だぞ！　魔力《まりょく》が弱《よわ》ってきているんだ」

と、さけんだビーバーさんは、おどりだしそうなくらい大《おお》よろこびしていました。

「どういうことですか、ビーバーさん？」

みんなで谷《たに》の急《きゅう》な斜面《しゃめん》をのぼっていくとき、ピーターが息《いき》を切《き》らしながらたずねました。

「言《い》わなかったかね。」ビーバーさんが答《こた》えました。「魔女《まじょ》のせいで、いつも冬《ふゆ》なのにクリスマスは来《こ》なくなっちまったって？　言《い》わなかったかね？　ところがどっこい、見《み》てごらん！」

そのとき、すっかり斜面《しゃめん》の上《うえ》までのぼりきっていたみんなは、見《み》たのです。

そりがありました。鈴《すず》をつけたトナカイたちもいました。でも、魔女《まじょ》のトナカイたちよりもずっと大《おお》きく、毛《け》の色《いろ》は白《しろ》ではなく茶色《ちゃいろ》でした。そして、そりにすわっていた人物《じんぶつ》は、だれもが一目《ひとめ》でだれだかわかる人《ひと》でした。明《あか》るいまっ赤《か》なローブを着《き》て（ヒイラギの赤《あか》い実《み》のように明《あか》るい色《いろ》です）、内側《うちがわ》に毛皮《けがわ》がついたフードをかぶり、滝《たき》のように胸《むね》にひろがるりっぱな白《しろ》ひげを生《は》やした大《おお》きな人《ひと》でした。

ナルニアに来《こ》ないと会《あ》えない人《ひと》ですが、それでも、だれもが知《し》っている人《ひと》でした。私《わたし》たちの世界《せかい》でも――つまり、たんすのとびらのこちら側《がわ》の世界《せかい》でも――その人《ひと》の絵《え》を見《み》たり、話《はなし》を聞《き》いたりしているからです。でも、ナルニアで実際《じっさい》に会《あ》ってみると、全然《ぜんぜん》ちがう感《かん》じがします。私《わたし》たちの世界《せかい》では、サンタクロースの絵《え》は、ただのごきげんなおもしろい人《ひと》のようにえがかれていますが、こうして本物《ほんもの》を目《め》の前《まえ》にしてみると、全然《ぜんぜん》ちがうのです。実際《じっさい》にその前《まえ》に立《た》ってみると、とても大《おお》きくて、陽気《ようき》で、本当《ほんとう》に生《い》きているので、子《こ》どもたちは感動《かんどう》のあまり動《うご》けなくなってしまいました。会《あ》えてとてもうれしかったのですが、おごそかな気分《きぶん》にもなったのです。

「とうとうやってきたよ」と、サンタさんは言《い》いました。「魔女《まじょ》のせいで、なかなか入《はい》れなかったが、ようやく入《はい》りこめた。アスランが動《うご》いている。魔女《まじょ》の魔法《まほう》が弱《よわ》まっているんだ。」

ルーシーは、おごそかにじっとしているときにだけやってくるあの深《ふか》いよろこびのふるえが、さあっと体《からだ》じゅうを走《はし》りぬけるのを感《かん》じました。

「さあて」と、サンタさん。「みんなにプレゼントをあげよう。ビーバー夫人《ふじん》には、もっといい新品《しんぴん》のミシンだ。通《とお》りがかりにお宅《たく》にとどけておくよ。」

ビーバー夫人《ふじん》は、あしを折《お》り曲《ま》げて、女《おんな》らしくおじぎをしながら言《い》いました。

「もうしわけございませんが、ドアにかぎがかかっております。」

「かぎだの、錠《じょう》だのは、わしには関係《かんけい》ないよ。それから、ビーバーさん、あなたは、家《いえ》に帰《かえ》ったら、新《あたら》しいダムが完成《かんせい》しているのをごらんになるだろうて。修理《しゅうり》もすんで、水《みず》もれするところはぜんぶなくなって、新《あたら》しい水門《すいもん》がついているよ。」

ビーバーさんは、とてもうれしくなって大《おお》きな口《くち》をあけたのですが、なんと言《い》っていいかわかりませんでした。

「ピーター、アダムのむすこよ」と、サンタさん。

「はい」と、ピーター。

「これがおまえさんへのプレゼントだ。こいつは、おもちゃじゃない、本物《ほんもの》の武器《ぶき》だ。これを使《つか》うときが、まもなくやってこよう。しっかり持《も》っているのだぞ。」

そう言《い》うと、サンタさんはピーターに、たてと剣《けん》をわたしました。たては銀色《ぎんいろ》で、まっ赤《か》なライオンがうしろ足《あし》で立《た》ちあがった絵《え》がえがかれていました。つんだばかりの熟《じゅく》したイチゴのような明《あか》るい赤《あか》でした。

剣《けん》のつかは金《きん》でできていて、さややベルトなど必要《ひつよう》なものがすべてついていましたし、ピーターが使《つか》うのにちょうどいい大《おお》きさと重《おも》さでした。ピーターはだまってうやうやしくこれらの贈《おく》り物《もの》を受《う》けとりましたが、それというのも、これはとても重大《じゅうだい》な贈《おく》り物《もの》だと感《かん》じたからでした。

「イブのむすめ、スーザンよ」と、サンタさん。「これをおまえさんにあげよう。」そう言《い》うと、サンタさんはスーザンに弓《ゆみ》と、矢《や》がいっぱい入《はい》った矢筒《やづつ》と、小《ちい》さな象牙《ぞうげ》の角笛《つのぶえ》を手《て》わたしました。

「弓《ゆみ》を使《つか》うのは、どうしても必要《ひつよう》なときだけだぞ」と、サンタさんは念《ねん》おししました。「おまえさんに、戦《いくさ》で戦《たたか》ってもらおうというわけじゃないからな。射《い》れば、まず、はずれっこなしだ。それから、この角笛《つのぶえ》をくちびるにあててふけば、おまえさんがどこにいようと、助《たす》けが来《く》るだろうて。」

最後《さいご》にサンタさんは言《い》いました。

「イブのむすめ、ルーシーよ。」

ルーシーが進《すす》み出《で》ました。サンタさんはルーシーに、ガラスでできているような小《こ》びん（ダイヤモンドでできているという話《はなし》もあとで語《かた》られるようになりますが）と、小《ちい》さな短剣《たんけん》をあたえました。サンタさんはこう言《い》いました。

「このびんには、太陽《たいよう》の山《やま》に生《は》える火《ひ》の花《はな》のしるからできた薬《くすり》が入《はい》っている。もしおまえさんかお友《とも》だちが傷《きず》ついたら、これを数《すう》てきたらしてやれば、なおる。それから短剣《たんけん》は、やむをえないときの護身用《ごしんよう》だ。おまえさんも、戦《いくさ》には参加《さんか》せんからな。」

「どうしてでしょうか」と、ルーシーはたずねました。「あたし――わからないけど、あたしだって勇気《ゆうき》を出《だ》せると思《おも》います。」

「そういう問題《もんだい》じゃない」と、サンタさんは言《い》いました。「女《おんな》の人《ひと》が戦《たたか》うと、戦《いくさ》は、みにくいものになる。さあて。」

ここで、ふっとサンタさんはきびしい表情《ひょうじょう》をやわらげました。

「さあ、とりあえず、みんなにこれを食《た》べてもらわなきゃな！」

サンタさんが取《と》り出《だ》したのは（背中《せなか》にかついだ大《おお》きな袋《ふくろ》から出《だ》したのだと思《おも》うのですが、実際《じっさい》に出《だ》すところを見《み》た人《ひと》はいませんでした）、大《おお》きなおぼんで、その上《うえ》に五つのティーカップのセット、小鉢《こばち》に盛《も》られた角砂糖《かくざとう》、小《ちい》さな器《うつわ》に入《はい》ったクリーム、しゅうしゅう湯気《ゆげ》をあげてかんかんに熱《あつ》い特大《とくだい》のティーポットがのっていました。

それから、サンタさんが、

「メリークリスマス！　まことの王《おう》さま、ばんざい！」

とさけび、むちをピシリと鳴《な》らすと、サンタさんも

トナカイもそりもみんな、たちどころに消《き》えてしまいました。あっ消《き》えてしまう、と思《おも》う間《ま》もありませんでした。

ピーターが剣《けん》をさやからぬいてビーバーさんに見《み》せていたときに、ビーバー夫人《ふじん》が言《い》いました。

「さて、さて！　そんなところで立《た》ち話《ばなし》をしていたら、お茶《ちゃ》が冷《さ》めてしまいますよ。まったく男《おとこ》の人《ひと》というのは。さ、おぼんを運《はこ》ぶお手伝《てつだ》いをしてちょうだい。朝《あさ》ごはんにしましょう。パン切《き》りナイフをもってこようと思《おも》いついていて、ほんとによかったわ。」

そこで、みんなは急《きゅう》な斜面《しゃめん》をおりて、ほら穴《あな》にもどり、ビーバーさんはパンとハムを切《き》ってサンドイッチにし、ビーバー夫人《ふじん》はお茶《ちゃ》をついで、みんなでおいしく朝《あさ》ごはんをいただきました。

でも、食《た》べおわるとすぐに、ビーバーさんは言《い》いました。

「さあ、出発《しゅっぱつ》の時間《じかん》だ。」

11 アスランは近《ちか》い

いっぽう、エドマンドはさんざんな目《め》にあっていました。こびとがそりの用意《ようい》をしに行《い》ったとき、きっと魔女《まじょ》は以前《いぜん》のようにやさしくしてくれると思《おも》っていたのに、ひとことも言葉《ことば》をかけてくれなかったのです。

とうとうエドマンドが勇気《ゆうき》をふりしぼって、

「どうか陛下《へいか》、ターキッシュ・ディライトを少《すこ》しいただけませんか？　あのう、陛下《へいか》は……陛下《へいか》は……この前《まえ》、そうおっしゃって……」

と言《い》うと、魔女《まじょ》は「だまっていろ、ばかもの！」と、答《こた》えました。それから、どうやら気《き》が変《か》わったらしく、まるでひとりごとのように、こうつづけました。

「でも、とちゅうでこのガキに気《き》をうしなわれてもこまるし。」

そして、もう一度《いちど》手《て》をたたくと、別《べつ》のこびとがあらわれました。

「この人間《にんげん》に、食《た》べ物《もの》と飲《の》み物《もの》を持《も》ってきておやり」と、魔女《まじょ》。

こびとは立《た》ち去《さ》ると、まもなく鉄《てつ》のおわんに水《みず》を入《い》れて、鉄《てつ》のお皿《さら》にかわいたパンの大《おお》きなかたまりをのせて持《も》ってきました。こびとはエドマンドの足《あし》もとにそれらを置《お》きながら、いやな感《かん》じでにやりと笑《わら》って言《い》いました。

「小《ちい》さな王子《おうじ》さまへ、ターキッシュ・ディライトでござぁい。へ、へ、へ！」

「いらないよ。カチカチのパンなんか」と、エドマンドはふくれっつらをしました。しかし、魔女《まじょ》があまりにおそろしい表情《ひょうじょう》を顔《かお》にうかべて、キッとこちらをふりかえったので、エドマンドはごめんなさいと言《い》ってパンにかじりつきました。あまりにもカチカチだったので、なかなかのみくだせませんでしたが。

「こんど、いつまたパンを食《た》べられるかわからぬのだから、ありがたいと思《おも》って食《く》え」と、魔女《まじょ》は言《い》いました。

エドマンドがまだもぐもぐやっているうちに、最初《さいしょ》のこびとがもどってきて、そりの用意《ようい》ができましたと告《つ》げました。

白《しろ》の魔女《まじょ》は立《た》ちあがり、エドマンドについてこいと命《めい》じて出《で》ていきました。中庭《なかにわ》に出《で》ると、また雪《ゆき》が降《ふ》っていましたが、魔女《まじょ》はそんなことを気《き》にもとめずに、そりの自分《じぶん》の横《よこ》の席《せき》にエドマンドをすわらせました。しかし、出発前《しゅっぱつまえ》に魔女《まじょ》の秘密警察長官《ひみつけいさつちょうかん》のモーグリムを呼《よ》んだので、モーグリムがそりの横《よこ》へ巨大《きょだい》な犬《いぬ》のようにはねてきました。

魔女《まじょ》は言《い》いました。

「いちばん足《あし》の速《はや》いオオカミをつれて、ビーバーの家《いえ》へ急行《きゅうこう》せよ。そして、そこにいる者《もの》をみな殺《ごろ》しにするのだ。もし、もぬけのからであったら、全速力《ぜんそくりょく》で石舞台《いしぶたい》へ行《い》け。だが、見《み》られないようにして行《い》くのだ。そこで、わたくしが行《い》くまで身《み》をひそめていろ。わたくしはそのあいだに何《なん》キロも西《にし》へ進《すす》み、川《かわ》を横切《よこぎ》れる道《みち》を見《み》つけねばならない。おまえたちは、あの人間《にんげん》どもが石舞台《いしぶたい》に着《つ》くより先《さき》にやつらに追《お》いつくのだ。見《み》つけたらどうすればよいか、わかっているな！」

「わかっております、女王《じょおう》さま。」

オオカミはうなりました。そしてただちに、疾走《しっそう》する馬《うま》のようにすばやく、雪《ゆき》の暗《くら》やみのなかへ消《き》えていきました。

数分後《すうふんご》には、モーグリムは別《べつ》のオオカミたちをつれて、ダムまで来《き》ており、ビーバーの家《いえ》をさがしてクンクンとかぎまわっていました。でも、もちろん、家《いえ》を見《み》つけても、なかは空《から》でした。

その夜《よる》、もし天気《てんき》がよかったら、オオカミたちは足《あし》あとを見《み》つけて、ビーバー夫妻《ふさい》と子《こ》どもたちはおそろしい目《め》にあったことでしょう。まずまちがいなく、ほら穴《あな》にたどり着《つ》く前《まえ》に追《お》いつかれていたところです。でも、雪《ゆき》がまた降《ふ》りはじめてくれたので、においは消《き》え、足《あし》あとも見《み》えなくなっていたのです。

いっぽう、こびとはトナカイたちにむちを当《あ》て、そりに乗《の》った魔女《まじょ》とエドマンドは城《しろ》の門《もん》を飛《と》び出《だ》して、冷《つめ》たい闇《やみ》のなかへと進《すす》んでいきました。

これは、コートを着《き》ていないエドマンドにとって、ひどい旅《たび》でした。十五分《ふん》も行《い》かないうちに、エドマンドの体《からだ》の前《まえ》はすっかり雪《ゆき》だらけになってしまったのです。はらっても、はらっても、またすぐに新《あたら》しい雪《ゆき》がどんどんつもってしまうので、くたびれて、はらいのけるのもやめました。そのうちに、服《ふく》のなかまでぐっしょりとぬれてしまいました。

ああ、なんとみじめなエドマンド！　もはや、魔女《まじょ》がエドマンドを王《おう》さまにしてくれそうには思《おも》えませんでした。魔女《まじょ》がいい人《ひと》でやさしくて、本当《ほんとう》は正《ただ》しい側《がわ》なんだと信《しん》じこもうとして自分《じぶん》に言《い》いきかせてきたことはみんな、今《いま》となってはばかげていたように思《おも》えました。今《いま》、たった今《いま》、きょうだいたちに会《あ》えるなら、なにを手《て》ばなしてもいいと思《おも》いました——ピーターでもいいから会《あ》いたい！

こうなると、なにもかも夢《ゆめ》で、今《いま》すぐにも目《め》がさめるはずだと思《おも》いこむぐらいしかできません。実際《じっさい》、何時間《なんじかん》も進《すす》むにつれて、なにもかも夢《ゆめ》のように思《おも》えてきました。

このエドマンドのつらい旅《たび》は、私《わたし》が何《なん》ページも何《なん》ページも書《か》いたとしても、とても言《い》いあらわせないほど長《なが》くつづいたのですが、時間《じかん》をはしょって、雪《ゆき》がやんで朝《あさ》になってもまだそりは朝日《あさひ》をあびて進《すす》んでいた、というところへ話《はなし》をうつしましょう。まだまだ旅《たび》はつづいており、聞《き》こえる音《おと》といえば、あいかわらずシューとそりが雪《ゆき》をかきわける音《おと》、トナカイの馬具《ばぐ》がキイキイときしむ音《おと》ばかりでした。そしてついに、魔女《まじょ》が言《い》いました。

「これはなんだ？　とまれ！」

そりはとまりました。

魔女《まじょ》が朝《あさ》ごはんのことを言《い》ってくれないかしらと、エドマンドはどれほどねがったことでしょう！

でも、とまったのは、まったくほかのわけがあったからでした。少《すこ》し先《さき》にある木《き》の根《ね》もとで、楽《たの》しそうな集《あつ》まりがひらかれていたのです。リスのお父《とう》さんとお母《かあ》さんと子《こ》どもたち、それから森《もり》の精霊《せいれい》サテュロスふたりと、こびとひとりと、一匹《ぴき》のキツネのおじいさんが、テーブルを囲《かこ》んでこしかけにすわっていました。

みんながなにを食《た》べているのか、エドマンドにはよく見《み》えませんでしたが、おいしそうなにおいがして、ヒイラギの葉《は》のかざりものがあるようでしたし、プラムがいっぱい入《はい》ったクリスマスケーキが見《み》えたような気《き》がしないでもありません。

そりがとまったとき、見《み》るからにいちばん年寄《としよ》りのキツネが、ちょうど立《た》ちあがって右《みぎ》の前足《まえあし》でグラスをかかげて、これからなにか言《い》おうとしていたようでした。でも、そりがとまって、だれが乗《の》っているのかわかると、みんなの顔《かお》から笑顔《えがお》がすうっと消《き》えてしまいました。

お父《とう》さんリスは、口《くち》に食《た》べ物《もの》を運《はこ》んでいたフォークをとちゅうでとめ、サテュロスのひとりは口《くち》にフォークを入《い》れたところでとまり、赤《あか》ちゃんリスたちはこわくて泣《な》きはじめました。

「これはどういうことだ？」

魔女《まじょ》の女王《じょおう》がたずねました。だれも返事《へんじ》をしません。

「言《い》え、虫《むし》けらども！　さもないと、わがこびとがむちを使《つか》って、おまえたちに舌《した》がないのかたしかめようぞ。このようにがつがつと、勝手《かって》に、むだな食事《しょくじ》をしているとはどういうことだ？どこでそれを手《て》に入《い》れた？」

「どうか、陛下《へいか》」と、キツネが言《い》いました。「いただいたのです。もし、陛下《へいか》の健康《けんこう》に祝杯《しゅくはい》をあげるおゆるしをいただければ――」

「だれからもらった？」と、魔女《まじょ》。

「サ、サ、サ、サンタクロースからです。」

「なんだと？」

魔女《まじょ》はわめいて、そりからとびおりると、おびえきっている動物《どうぶつ》たちにつかつかと近《ちか》づきました。

「こんなところにいたはずがない！　ありえぬ！　よくもおまえたち……いやいや。うそをついたとみとめれば、ゆるしてやろう。」

その瞬間《しゅんかん》、幼《おさな》いリスの一匹《ぴき》がすっかりおかしくなってしまいました。

「サンタさん、来《き》たもん——来《き》たもん——来《き》たもん！」

子《こ》リスは、小《ちい》さなスプーンでテーブルをたたきながら、キーキー声《ごえ》をあげました。

魔女《まじょ》がくちびるをガッとかみしめたために、その白《しろ》いほおに、血《ち》がひとしずく、ぴしりと飛《と》ぶのをエドマンドは見《み》ました。魔女《まじょ》は杖《つえ》をふりあげました。

「ああ、やめて、やめて、どうかやめて！」

エドマンドはさけびましたが、そのさけび声《ごえ》もむなしく、魔女《まじょ》は杖《つえ》をふりおろし、そこにいた楽《たの》しそうな一団《いちだん》はたちまち石像《せきぞう》に変《か》わってしまい、みんなが囲《かこ》むテーブルも、その上《うえ》のお皿《さら》やクリスマスケーキも石《いし》になってしまったのです。（そのうちのひとりは、石《いし》のフォークを石《いし》の口《くち》へ運《はこ》ぼうとするところで永遠《えいえん》にとまってしまいました。）

「そして、おまえは、」

と、魔女《まじょ》は、そりにもどってくるなりエドマンドの顔《かお》を目《め》が回《まわ》るほどひっぱたいて言《い》いました。

「スパイやうらぎりものをゆるしてくれとたのんだりするとどうなるか、これで思《おも》い知《し》るがいい。進《すす》め！」

このときエドマンドは、この物語《ものがたり》のなかではじめて、自分以外《じぶんいがい》のだれかをかわいそうに思《おも》ったのでした。これから先何年《さきなんねん》も何年《なんねん》も、あの小《ちい》さな石《いし》の像《ぞう》たちが、昼《ひる》は口《くち》もきけず、夜《よる》は暗《くら》いなかで、ずっといつまでもあそこにすわりつづけ、やがては、コケがむして、ついには顔《かお》がぼろぼろとくずれ落《お》ちてしまうのだと思《おも》うだけでかわいそうになったのです。

ふたたび、そりはどんどん進《すす》んでいきました。やがてエドマンドは、そりがけたてる雪《ゆき》が、昨日《きのう》の夜《よる》じゅう降《ふ》っていた雪《ゆき》よりもずっと水《みず》っぽいことに気《き》がつきました。同時《どうじ》に気《き》がついたのは、それほど寒《さむ》くなくなってきたことです。しかも、霧《きり》が出《で》てきました。じつのところ、刻一刻《こくいっこく》と、霧《きり》が濃《こ》くなり、あたたかくなってきていました。

そのうえ、そりは、今《いま》までのような走《はし》りっぷりではなくなってきていました。最初《さいしょ》は、トナカイがつかれたのかと思《おも》いましたが、そのうちに、それが本当《ほんとう》の理由《りゆう》ではないことにエドマンドは気《き》がつきました。そりは、石《いし》にぶつかっているかのように、ガクンとなり、横《よこ》すべりし、はげしく上下《じょうげ》にゆれていたのです。こびとがかわいそうなトナカイにどんなにむちを当《あ》てようと、そりはどんどんおそくなっていきました。

あちらこちらで、なんだか気《き》になるふしぎな音《おと》もしていましたが、そりがすべる音《おと》、がたがたとゆれる音《おと》、こびとがトナカイをどなりつける声《こえ》のせいで、エドマンドにはそれがなんだかわかりませんでした。とつぜん、そりがガシッとなにかに引《ひ》っかかってしまってまったく動《うご》けなくなり、一瞬《いっしゅん》しんとしました。その沈黙《ちんもく》のなかで、ついにその音《おと》がはっきり聞《き》こえました。

ふしぎな、気持《きも》ちのよい、さらさら、ぴちゃぴちゃという音《おと》――とは言《い》っても、それほどふしぎな音《おと》でもありません。だって前《まえ》に聞《き》いたことがある音《おと》なのです――どこで聞《き》いたのか、思《おも》い出《だ》せさえしたらいいのに！　そのとき、ふいにエドマンドは思《おも》い出《だ》しました。

それは、水《みず》のせせらぐ音《おと》だったのです。

目《め》には見《み》えないけれど、あたり一面《いちめん》、さらさら、ぴちゃぴちゃ、ぶくぶく、ぱしゃぱしゃと音《おと》がしていて、（遠《とお》くでは）ごうごうと流《なが》れてさえいるようです。

こおりつく寒《さむ》さがおわったのだとわかると、エドマンドの心臓《しんぞう》は（なぜかわかりませんが）どきんと、とびあがりました。しかも、すぐ近《ちか》くでは、あちこちの木々《きぎ》の枝《えだ》から、ぽたん、ぽたん、ぽたんと水滴《すいてき》がしたたり落《お》ちているではありませんか。ちょうど一本《ぽん》の木《き》に目《め》をやったとき、その木《き》から大《おお》きな雪《ゆき》のかたまりがどさっと落《お》ちて、エドマンドはナルニアに足《あし》をふみ入《い》れてからはじめてモミの木《き》の濃《こ》い緑色《みどりいろ》を見《み》ました。でも、それ以上耳《いじょうみみ》をかたむけたり見《み》つめたりする時間《じかん》はありませんでした。魔女《まじょ》がこう言《い》ったのです。

「ぼうっとするな、ばかもの！　手伝《てつだ》え！」

もちろん、エドマンドは言《い》うとおりにしなければなりませんでした。

エドマンドは雪《ゆき》――もうすっかり、ぐじゃぐじゃに解《と》けていました――のなかに足《あし》をふみ入《い》れ、どろだらけの穴《あな》にはまったそりをこびとが引《ひ》き出《だ》そうとしているのに手《て》を貸《か》しました。ようやく引《ひ》き出《だ》すと、こびとはトナカイにずいぶん乱暴《らんぼう》な仕打《しう》ちをしてふたたびそりを動《うご》かし、少《すこ》し先《さき》へ進《すす》ませました。

雪《ゆき》はもうすっかり解《と》けていて、地面《じめん》のあちらこちらから緑《みどり》の草《くさ》がちらほらと見《み》えはじめていました。エドマンドのように雪《ゆき》の世界《せかい》を長《なが》いことじいっと見《み》つめてきた者《もの》でなければ、はてしない白《しろ》がおわってついにこうした緑《みどり》の点々《てんてん》が見《み》えてくることがどんなにほっとすることか、なかなかわからないでしょう。

しばらくして、また、そりがとまりました。

「だめです、陛下《へいか》」と、こびと。「こんなに雪《ゆき》が解《と》けてしまっては、そりでは進《すす》めません。」

「では、歩《ある》くしかあるまい」と、魔女《まじょ》。

「歩《ある》いていては追《お》いつけませんよ。」こびとはぶつぶつと言《い》いました。「やつらのほうが先《さき》に出《で》てますからね。」

「おまえはわたくしに意見《いけん》するのか、どれいのくせに?」と、魔女《まじょ》。「言《い》われたとおりにしろ。その人間《にんげん》の手《て》をうしろ手《で》にしばり、なわの先《さき》を持《も》て。それからむちを持《も》て。そして、トナカイの馬具《ばぐ》を切《き》れ。トナカイどもは勝手《かって》に家《いえ》に帰《かえ》るであろう。」

こびとは言《い》われたとおりにし、数分後《すうふんご》にエドマンドはうしろ手《で》にしばられたまま、思《おも》い切《き》りせきたてられて歩《ある》かされていました。ぐじゃぐじゃの雪《ゆき》や、どろや、ぬれた草《くさ》で足《あし》をすべらせ、すべるたびにこびとにののしられ、ときにはむちでたたかれました。魔女《まじょ》はこびとのうしろから歩《ある》き、「急《いそ》げ！　急《いそ》げ！」と言《い》いつづけていました。

刻一刻《こくいっこく》と、あちこちに見《み》えていた緑《みどり》の面積《めんせき》が大《おお》きくなり、雪《ゆき》の面積《めんせき》が小《ちい》さくなっていきました。刻一刻《こくいっこく》と、より多《おお》くの木々《きぎ》が雪《ゆき》の衣《ころも》をはらい落《お》としました。

そのうちに、見《み》わたすかぎり白《しろ》だった世界《せかい》に、モミの木《き》の深緑《ふかみどり》や、はだかのカシやブナやニレの木《き》の黒《くろ》くごつごつした枝《えだ》が見《み》えてきました。やがて、霧《きり》が白《しろ》から金色《きんいろ》に変《か》わったかと思《おも》うと、まもなくすっかり晴《は》れわたりました。気持《きも》ちのよい日光《にっこう》がさんさんと森《もり》の地面《じめん》にさしこみ、頭上《ずじょう》には木々《きぎ》のこずえのあいだから青空《あおぞら》がのぞきました。

そのうちに、もっとすばらしいことが起《お》こりました。ふと角《かど》を曲《ま》がって、白樺《しらかば》で囲《かこ》まれた空《あ》き地《ち》に出《で》ると、そこの地面《じめん》はあたり一面《いちめん》、小《ちい》さな黄色《きいろ》の花《はな》でおおわれていたのです。キンポウゲです。水《みず》の音《おと》が大《おお》きくなってきました。しばらくして三人《にん》は、本当《ほんとう》に流《なが》れている小《ちい》さな川《かわ》をわたりました。わたった先《さき》には、マツユキソウ（スノードロップ）が生《は》えていました。

その花《はな》を見《み》ようとエドマンドが顔《かお》をそちらにむけると、「よそ見《み》をするな！」と、こびとが言《い》って、なわをいやらしくぐいっと引《ひ》っぱりました。

でも、もちろん、それぐらいのことでエドマンドが花《はな》を見《み》られなくなることはありませんでした。五分《ふん》もすると、こんどは古《ふる》い木《き》の根《ね》もとにクロッカスが十二本《ほん》ほど生《は》えているではありませんか。金《きん》とむらさきと白《しろ》のクロッカスです。

それから、水《みず》の音《おと》よりも、もっとすてきな音《おと》が聞《き》こえました。歩《ある》いている道《みち》のすぐそばの木《き》の枝《えだ》から、小鳥《ことり》がとつぜんさえずったのです。それにこたえて、少《すこ》しはなれたところから別《べつ》の小鳥《ことり》がさえずりました。

まるでそれが合図《あいず》であったかのように、あちらこちらからピーピーピヨピヨ、どっと鳴《な》きだして合唱《がっしょう》になったかと思《おも》うと、五分《ふん》もしないうちに森《もり》じゅうに小鳥《ことり》の歌《うた》が鳴《な》りひびきました。どこに目《め》をむけても、小鳥《ことり》たちが枝移《えだうつ》りをしたり、頭《あたま》の上《うえ》を飛《と》んだり、追《お》いかけあったり、つつきあったり、くちばしで羽《は》づくろいをしたりしているのが見《み》えます。

「急《いそ》げ！　急《いそ》げ！」と、魔女《まじょ》が言《い》いました。

もはや霧《きり》は、かげも形《かたち》もありませんでした。空《そら》はどんどん青《あお》くすみわたり、ときどき白《しろ》い雲《くも》がすうっと通《とお》りすぎることもありました。ひろい野原《のはら》にはサクラソウ（プリムローズ）がさいていました。そよ風《かぜ》がふいて、ゆれる枝《えだ》からしずくを飛《と》ばし、冷《つめ》たくてかぐわしいにおいを、歩《ある》く三人《にん》の顔《かお》に運《はこ》びました。

木々《きぎ》はすっかり生《い》き生《い》きとしてきました。カラマツとカバノキは緑《みどり》でおおわれ、キングサリの木《き》からは金色《きんいろ》の花房《はなぶさ》がたれさがりました。やがて、ブナの木《き》がうすくてすきとおった葉《は》をのばしました。その下《した》を通《とお》ると、光《ひかり》もまた緑《みどり》になりました。ハチがその光《ひかり》の通《とお》り道《みち》をブンブンと横切《よこぎ》りました。

こびとが急《きゅう》にとまって言《い》いました。

「雪《ゆき》が解《と》けただけじゃありません。春《はる》になったのです。どうしましょう？　あなたさまの冬《ふゆ》がやぶられたんですよ！　こいつはアスランのしわざです。」

「おまえたちのどちらであれ、その名前《なまえ》をもう一度《いちど》言《い》った者《もの》は――」

と、魔女《まじょ》が言《い》いました。

「即刻《そっこく》、殺《ころ》す。」

12 ピーターの初陣《ういじん》

こびとと魔女《まじょ》がそんなことを言《い》っているあいだ、ずっと遠《とお》くでは、ビーバー夫妻《ふさい》と子《こ》どもたちが、すてきな夢《ゆめ》のような世界《せかい》を、何時間《なんじかん》も歩《ある》きつづけていました。みんな、コートはずっと前《まえ》にぬぎすてていました。さっきまで、おたがいに、

「見《み》て！　カワセミだよ。」

「あら、ツリガネソウだわ！」

「このあまいかおりは、なにかな？」

「ね、あのツグミの声《こえ》を聞《き》いて！」

などと言《い》いあっていたのに、今《いま》はそれさえやめてしまって、楽《たの》しい気分《きぶん》にひたりながら、だまって歩《ある》きつづけていました。

あたたかい日《ひ》だまりをぬけて、すずしい緑《みどり》の雑木林《ぞうきばやし》に入《はい》り、コケの生《は》えたひろい空《あ》き地《ち》に出《で》ると、そこには背《せ》の高《たか》いニレの木《き》が頭上高《ずじょうたか》くに葉《は》っぱの屋根《やね》をかかげていました。そこから先《さき》は、

あたり一面《いちめん》アカスグリの花《はな》がさきみだれているところに出《で》たり、サンザシのあまいかおりがむせぶほどいっぱいにひろがったしげみに出《で》たりしました。

冬《ふゆ》が消《き》えうせて、数時間《すうじかん》のうちに森全体《もりぜんたい》が一月《がつ》から五月《がつ》に変《か》わってしまったのを見《み》て、みんなはエドマンドと同《おな》じく、あっけにとられていました。アスランがやってくるとこうなるのだということを、みんなは（魔女《まじょ》のようには）はっきりとわかっていませんでした。でも、はてしない冬《ふゆ》を生《う》み出《だ》したのが魔女《まじょ》の魔法《まほう》であることは知《し》っていましたから、このふしぎな春《はる》がはじまったということは、魔女《まじょ》のたくらみがおかしくなって、かなりだめになっているのだとわかりました。

雪《ゆき》がどんどん解《と》けていくと、魔女《まじょ》がもうそりを使《つか》えないということもわかりましたので、それからはあまり急《いそ》がずに、休《やす》みもたびたび、ゆっくり取《と》ることにしました。もちろん、みんなすでにずいぶんくたびれていたのですが、へばってしまったというわけではありません。ただ、一日《いちにち》じゅう外《そと》ではたらいていた者《もの》が一日《いちにち》のおわりに感《かん》じるように、けだるくて、ぼうっとして、心《こころ》がおだやかになっていました。スーザンは、片方《かたほう》のかかとに小《ちい》さなまめができていました。

大《おお》きな川沿《かわぞ》いの道《みち》からは、とっくにはなれていました。石舞台《いしぶたい》に行《い》くには少《すこ》し右《みぎ》（つまり、少《すこ》し南《みなみ》）へ行《い》かなければならなかったからです。たとえ右《みぎ》へ行《い》かなくてよかったとしても、いったん雪解《ゆきど》けがはじまってしまうと、谷《たに》の川沿《かわぞ》いの道《みち》は使《つか》えなかったでしょう。雪《ゆき》がどっと解《と》けて、川《かわ》がたちまち氾濫《はんらん》して、すばらしくごうごうとうなるような、とどろく黄色《きいろ》の洪水《こうずい》が起《お》こって、道《みち》をのみこんでしまったはずだからです。

さて、太陽《たいよう》は低《ひく》く落《お》ち、その光《ひかり》は赤《あか》みがかって、かげが長《なが》くなり、花《はな》はそろそろ閉《と》じようかなと思《おも》いはじめていました。

「もうすぐだよ。」

ビーバーさんはそう言《い》うと、ふかふかの、はずむようなコケをふみしめ（つかれた足《あし》には気持《きも》ちのよいものでした）、背《せ》の高《たか》い木《き》だけがあちらこちらにぽつりぽつりと生《は》えている、とても急《きゅう》な坂《さか》をのぼっていきました。長《なが》かった一日《いちにち》が暮《く》れようというときに、こうやって坂道《さかみち》をのぼったので、みんな、はあはあと息《いき》が切《き》れました。ちょうどルーシーが、もう一度《いちど》ちゃんとこしをおろしてお休《やす》みしないと上《うえ》まで行《い》けないんじゃないかしらと思《おも》いはじめたとき、ふと気《き》がつけば、みんなは丘《おか》のてっぺんにいたのでした。そこで見《み》えたのは、こんな景色《けしき》でした。

そこは緑《みどり》の原《はら》っぱでした。どちらをむいても、ずっと森《もり》がひろがっています。ただし、まっすぐ前《まえ》、東《ひがし》の方向《ほうこう》はちがいました。はるか東《ひがし》に、なにかきらきらするものが見《み》えるのです。

「うわぁ。海《うみ》だ！」

ピーターがスーザンにささやきました。

この丘《おか》の頂上《ちょうじょう》のひろびろとした原《はら》っぱのまんなかにあったのが、石舞台《いしぶたい》です。それは、四本《ほん》の石《いし》のあしにささえられた、灰色《はいいろ》の大《おお》きくてがんじょうな石《いし》の厚《あつ》い板《いた》でした。とても古《ふる》めかしいものので、いたるところに読《よ》めない文字《もじ》のような奇妙《きみょう》な線《せん》や形《かたち》がきざまれていました。その線《せん》や形《かたち》を見《み》ていると、ふしぎな気持《きも》ちになってきます。

つぎにみんなが見《み》たのは、原《はら》っぱの片《かた》はしに張《は》られている大《おお》きなテントでした。りっぱなテントで、とくに黄色《きいろ》の絹《きぬ》のようなテントの布《ぬの》、紅《くれない》の綱《つな》、象牙色《ぞうげいろ》の留《と》め杭《ぐい》が、夕日《ゆうひ》に映《は》えてきれいでした。その上《うえ》に高《たか》くのびたさおには、うしろ足《あし》で立《た》ちあがった赤《あか》いライオンがえがかれた旗《はた》が、はるかな海《うみ》からみんなの顔《かお》にふきつける潮風《しおかぜ》にぱたぱたとはためいていました。それを見《み》あげていると、右手《みぎて》から音楽《おんがく》が聞《き》こえてきました。ふりむくと、みんなが会《あ》いにやってきた相手《あいて》が、そこにいました。

動物《どうぶつ》たちがむらがるまんなかに、アスランが立《た》っていたのです。

動物《どうぶつ》たちは半月形《はんげつがた》に隊列《たいれつ》を作《つく》ってアスランを取《と》りかこんでおり、弦楽器《げんがっき》を手《て》にした木《き》の精《せい》の女《おんな》の人《ひと》たちや泉《いずみ》の精《せい》の女《おんな》の人《ひと》たちもいました。（私《わたし》たちの世界《せかい》ではドリュアス、ナーイアスと呼《よ》ばれる妖精《ニンフ》たちです。）音楽《おんがく》を奏《かな》でていたのは、このひとたちだったのです。四人《にん》の大《おお》きな半人半馬《ケンタウロス》もいました。下半身《かはんしん》の馬《うま》になっているところは、イングランドの大《おお》きな農馬《のうば》のようで、上半身《じょうはんしん》の人《ひと》の姿《すがた》のところは、いかめしくも美《うつく》しい巨人《きょじん》のようでした。一角獣《ユニコーン》もいれば、人《ひと》の頭《あたま》をした牡牛《おうし》もおり、ペリカンも、ワシも、巨大《きょだい》な犬《いぬ》もいました。アスランのとなりには二頭《とう》のヒョウがひかえ、一頭《とう》がアスランの王冠《おうかん》を、もう一頭《とう》が王《おう》の旗《はた》を持《も》っていました。

けれども、アスラン自身《じしん》に対《たい》しては、ビーバー夫妻《ふさい》も子《こ》どもたちも、お会《あ》いしてどうしたらいいのか、なにを言《い》ったらいいのかわかりませんでした。ナルニアに行《い》ったことのない人《ひと》たちは、善《ぜん》でありながらおそろしいものなんてありえないと思《おも》いがちです。子《こ》どもたちもこれまでそう考《かんが》えていたかもしれませんが、今《いま》、そんなこともありうるのだと、思《おも》い知《し》りました。

子《こ》どもたちは、アスランの顔《かお》を見《み》ようとしたのに、黄金《おうごん》のたてがみと、王《おう》さまらしい、おごそかで威厳《いげん》のある大《おお》きな目《め》をちらりと見《み》るのがせいいっぱいで、とてもアスランを見《み》つめられず、わなわなとふるえあがってしまったのです。

「どうぞ前《まえ》へ」と、ビーバーさんが言《い》いました。

「いえいえ」と、ピーターがささやきました。「お先《さき》にどうぞ。」

「いや。動物《どうぶつ》よりもアダムのむすこさんが先《さき》です。」ビーバーさんがささやきかえしました。

「スーザン、」ピーターがささやきました。「きみはどう？　レイディーズ・ファーストだ。」

「なに言《い》ってるの、いちばん年上《としうえ》は、あなたでしょ」と、スーザンがささやきました。

そして、当然《とうぜん》ながら、こんなことをつづけていればいるほど、みんなますますぎこちない思《おも》いになりました。そこでついにピーターが、自分《じぶん》がなんとかしなければならないと思《おも》いいたりました。ピーターは剣《けん》をぬくと高《たか》くかかげて敬礼《けいれい》し、あわただしくみんなに言《い》いました。

「行《い》くぞ。しゃんとしろ。」

ピーターは、ライオンの前《まえ》に歩《あゆ》み出《で》て言《い》いました。

「ただいま、まいりました、アスラン。」

「よく来《き》た、ピーター、アダムのむすこよ」と、アスラン。「よく来《き》た、スーザンとルーシー、

イブのむすめたちよ。よく来《き》た、おすビーバーとめすビーバー。」

その声《こえ》は深《ふか》くて朗々《ろうろう》としていて、どういうわけかみんなをおちつかせました。みんな、ようやくうれしくて静《しず》かな心持《こころも》ちになり、そこに立《た》ってなにも言《い》わないでいても、どぎまぎしなくなりました。

「だが、四人《にん》めはどこだ？」

アスランは、たずねました。

「みんなをうらぎって、白《しろ》の魔女《まじょ》の味方《みかた》をしたんです、おお、アスランよ。」

ビーバーさんが言《い》うと、ピーターは思《おも》わず、こうつづけました。

「それはぼくのせいでもあるんです、アスラン。ぼくが弟《おとうと》をしかりつけたから、それでへんなふうになってしまったんです。」

アスランはピーターをゆるしも責《せ》めもせず、ただ大《おお》きな、まじろぎしない目《め》で、じっとピーターを見《み》つめて立《た》っていました。なにも言《い》うべきことはないのだと、みんなは感《かん》じました。

「どうか、アスラン」と、ルーシー。「エドマンドを救《すく》うために、なにかできませんか？」

「あらゆる手《て》をつくそう」と、アスラン。「だが、思《おも》いのほか、むずかしいかもしれぬ。」

それからアスランは、またしばらくだまりました。

そのときまで、ルーシーは、アスランの顔《かお》はなんて威厳《いげん》があって、強《つよ》くて、おだやかなんだろうと思《おも》っていましたが、今《いま》ふいに、悲《かな》しそうでもあるなと感《かん》じました。でもつぎの瞬間《しゅんかん》、その表情《ひょうじょう》はすっかり消《き》えていました。

ライオンはたてがみをふるって、前足《まえあし》と前足《まえあし》を打《う》ちあわせて（「こわい足《あし》だわ」と、ルーシーは思《おも》いました。「ベルベットみたいにやわらかくなっているからいいけれど！」）、それからこう言《い》いました。

「まずは、ごちそうのしたくだ。ご婦人《ふじん》がた、このイブのむすめたちをテントにおつれし、お世《せ》話《わ》をなさい。」

女《おんな》の子《こ》たちが立《た》ち去《さ》ると、アスランはその前足《まえあし》を――ベルベットのようになっていても、とても重《おも》たい足《あし》でした――ピーターの肩《かた》に置《お》いて言《い》いました。

「おいで、アダムのむすこよ。きみが王《おう》となる城《しろ》を遠《とお》くから見《み》せてあげよう。」

そこでピーターは、ぬき身《み》の剣《けん》をにぎったまま、ライオンといっしょに丘《おか》の頂上《ちょうじょう》の東《ひがし》のはしへ行《い》きました。

すると、美《うつく》しい光景《こうけい》が目《め》に入《はい》ってきました。ちょうど太陽《たいよう》が背後《はいご》でしずもうとしていました。つまり、下《した》にひろがる国全体《くにぜんたい》が――森《もり》から、丘《おか》から、谷《たに》から、銀色《ぎんいろ》のヘビのようににょろにょろとのびていく大河《たいが》の下流《かりゅう》にいたるまで――夕焼《ゆうや》けの光《ひかり》に照《て》らされ、かがやいていたのです。それらのむこう、何《なん》キロも先《さき》には、海《うみ》があり、海《うみ》のむこうには空《そら》があって、ちょうど夕映《ゆうば》えでバラ色《いろ》に染《そ》まった雲《くも》がいっぱいうかんでいました。そして、ナルニアの大地《だいち》が海《うみ》に出会《であ》うところ――つまり、大河《たいが》の河口付近《かこうふきん》には――小《ちい》さな丘《おか》の上《うえ》でなにかが光《ひか》っていました。

それは、城《しろ》でした。

そうです、ピーターのうしろにある夕日《ゆうひ》から差《さ》す光《ひかり》が、城《しろ》の窓《まど》という窓《まど》にきらきらと反射《はんしゃ》していたのです。ピーターには、大《おお》きな星《ほし》がひとつ、海辺《うみべ》にうかんでいるように見《み》えました。

「あれこそが、」と、アスラン。「四つの玉座《ぎょくざ》があるケア・パラベルだ。その玉座《ぎょくざ》のひとつにきみが王《おう》としてすわらねばならない。きみにあれを見《み》せたのは、きみがいちばん年上《としうえ》で、ほかのみんなをしたがえる最高《さいこう》の王《おう》となるからだ。」

やはりピーターは、なにも言《い》いませんでした。というのも、そのとき、ふしぎな音《おと》がとつぜん、しじまをやぶったからです。軍隊《ぐんたい》ラッパのようでしたが、もっと深《ふか》く美《うつく》しい音《おと》でした。

「妹《いもうと》さんの角笛《つのぶえ》だ。」

アスランはピーターに低《ひく》い声《こえ》で言《い》いました。あまりに低《ひく》かったので、ライオンをネコとくらべるのが失礼《しつれい》でなければ、ネコのようにごろごろとのどを鳴《な》らしたのかと思《おも》えるほどでした。

しばらくのあいだ、ピーターには、わけがわかりませんでした。それでも、ほかの生《い》き物《もの》たちがみんな前《まえ》へ進《すす》んでいくのを目《め》にし、アスランが前足《まえあし》をふって、

「もどれ！　王子《おうじ》にはじめての手《て》がらを立《た》てさせてやれ」

と言《い》うのを聞《き》いたとき、ようやく事態《じたい》がのみこめて、全速力《ぜんそくりょく》でテントへかけつけました。

おそろしい光景《こうけい》が目《め》に飛《と》びこんできました。

泉《いずみ》の精《せい》と木《き》の精《せい》たちがあちらこちらへにげまどっていました。ルーシーは短《みじか》いあしで、けんめいにピーターのほうにかけてきましたが、その顔《かお》は紙《かみ》のようにまっ白《しろ》でした。スーザンは？　と

見《み》れば、一本《ぽん》の木《き》を目指《めざ》してダッシュして、木《き》にとびついてぶらさがりましたが、なにやら大《おお》きな灰色《はいいろ》のけものに追《お》われているではありませんか。

はじめ、ピーターは、クマかなと思《おも》い、それからシェパード犬《けん》に似《に》ていると思《おも》いましたが、犬《いぬ》にしては大《おお》きすぎます。やっと、それはオオカミだとわかりました。

オオカミがうしろ足《あし》で立《た》ち、前足《まえあし》で木《き》の幹《みき》をひっかき、歯《は》をむき出《だ》してうなっているのです。背中《せなか》の毛《け》はすべて逆立《さかだ》っています。スーザンはふたつめの大《おお》きな枝《えだ》までしか、のぼれていません。片足《かたあし》が、がぶりと食《く》らいつこうとする歯《は》の数《すう》センチ先《さき》にぶらさがっています。どうしてもっと高《たか》くのぼらないんだ、もっとしっかりと足《あし》をかけろとピーターは思《おも》いましたが、スーザンが気《き》をうしないかけていることに気《き》がつきました。もし気《き》をうしなったら、落《お》っこちてしまいます。

ピーターは、あまり勇《ゆう》かんな気持《きも》ちになれませんでした。それどころか、気分《きぶん》が悪《わる》くなりそうでした。でも、やらねばならないことは、やらねばなりません。

ピーターは、まっすぐ怪物《かいぶつ》に突進《とっしん》し、そのわき腹《ばら》めがけて剣《けん》をふるいましたが、空《から》ぶりでした。オオカミには当《あ》たっていません。オオカミは、ものすごいいきおいでふりかえり、燃《も》える目《め》をして、口《くち》を大《おお》きくあけて、怒《いか》りのあまり、ほえました。ほえずにいられないほど怒《いか》りくるっていなければ、きっとピーターののどにがぶりとかみついていたことでしょう。

ほえてくれたので、ピーターにはひょいと身《み》をしずめて、野獣《やじゅう》の前足《まえあし》のあいだから心臓《しんぞう》に達《たっ》するまで、ぐさりと剣《けん》をつきさす時間《じかん》がありました。ただ、なにもかも、あっというまの出来事《できごと》で、考《かんが》える間《ま》もありませんでした。

それから、まるで悪夢《あくむ》のような、おそろしい、混乱《こんらん》した瞬間《しゅんかん》がやってきました。剣《けん》をぐいぐい引《ひ》っぱったのですが、オオカミは生《い》きているのやら、死《し》んでいるのやら、そのむき出《だ》しの歯《は》がピーターのひたいにがつんと当《あ》たり、ピーターは血《ち》だらけ毛《け》だらけで汗《あせ》だくになって、なにがなにやらわかりませんでした。

しばらくして、ピーターは、怪物《かいぶつ》が横《よこ》たわって死《し》んでいることに気《き》がつきました。剣《けん》はもうぬけています。ピーターは背《せ》をのばし、顔《かお》や目《め》から汗《あせ》をぬぐいました。もう、へとへとでした。

ややあって、スーザンが木《き》からおりてきました。スーザンとピーターは顔《かお》を見《み》あわせると、がくがくとうちふるえて、思《おも》わずおたがいにキスをしたり泣《な》いたりしました。ナルニアではそういうことをしてもはずかしくはなかったのです。

「急《いそ》げ！　急《いそ》げ！」

アスランのさけび声《ごえ》がしました。

「ケンタウロスよ！　ワシよ！　やぶのなかにオオカミがもう一匹《ぴき》いるぞ。そこだ――うしろだ。

今《いま》、飛《と》び出《だ》していった。追《お》え、みんな。やつは主人《しゅじん》の魔女《まじょ》のところへ行《い》くぞ。このチャンスをつかんで魔女《まじょ》を見《み》つけ出《だ》し、四人《にん》めのアダムのむすこを救《すく》え。」

だれよりも速《はや》い十二、三の生《い》き物《もの》が、すぐにひづめをとどろかせ、つばさを打《う》ち鳴《な》らして、どんどん暗《くら》くなっていく闇《やみ》のなかへ消《き》えていきました。

ピーターが、息切《いきぎ》れしたままふりかえると、すぐ近《ちか》くにアスランがいるのが見《み》えました。

「剣《けん》をぬぐい忘《わす》れているぞ」と、アスラン。

そのとおりでした。きらめく刃《は》を見《み》てみると、オオカミの毛《け》や血《ち》でよごれています。ピーターは顔《かお》を赤《あか》らめました。身《み》をかがめて、草《くさ》で剣《けん》をきれいにぬぐい、上着《うわぎ》でふいて、しめり気《け》をすっかり取《と》りました。

「それをこちらにわたしてひざまずきなさい、アダムのむすこよ」と、アスラン。

ピーターが剣《けん》をわたすと、アスランは刃《は》の平《ひら》たい部分《ぶぶん》でピーターの肩《かた》をたたいて、「立《た》て、オオカミ退治《たいじ》の騎士《きし》、サー・ピーターよ」と言《い》って、ピーターを騎士《きし》にしました。それから、こう言《い》いました。

「なにがあろうと、剣《けん》をぬぐうのを忘《わす》れるな。」

13 時《とき》のはじまりからある、深遠《しんえん》なる魔法《まほう》

さて、話《はなし》をエドマンドにもどしましょう。もう歩《ある》けないというエドマンドをむりやり追《お》いたてて歩《ある》かせていた魔女《まじょ》は、とうとう、モミの木《き》やイチイの木《き》でおおわれた暗《くら》い谷《たに》で立《た》ちどまりました。

エドマンドは顔《かお》を地面《じめん》につけて、うつむけにへたりこんで、このまま寝《ね》かしておいてくれさえすれば、どうなろうとかまわないとばかりに動《うご》かなくなりました。もう、ふらふらで、おなかがすいてのどがかわいていることも、わからないほどでした。

魔女《まじょ》とこびとは、すぐ近《ちか》くでひそひそと話《はな》しています。

「いいえ」と、こびと。「もうむだです、女王陛下《じょおうへいか》。やつらは今《いま》ごろ石舞台《いしぶたい》に着《つ》いているはずです。」

「モーグリムが、においでわれらの居場所《いばしょ》をつきとめ、知《し》らせをとどけてくれるかもしれぬ」と、魔女《まじょ》。

「であっても、よい知《し》らせではないでしょう。」

「ケア・パラベルの四つの玉座《ぎょくざ》が三つうまったところでどうというのだ？　それでは予言《よげん》は成就《じょうじゅ》せぬ。」

「あいつが来《き》たとあっては、そんな予言《よげん》は問題《もんだい》ではありますまい？」と、こびと。まだ、アスランの名前《なまえ》を主人《しゅじん》に言《い》ってはならないと考《かんが》えていたのです。

「あいつは、いつまでもナルニアにはおるまい。あいつがいなくなったら――ケア・パラベルにいる三人《にん》をおそうのだ。」

「ですが、こいつは」と、エドマンドをけってこびとが言《い》いました。「生《い》かしておいて、取《と》り引《ひ》きしたほうがよさそうですね。」

「ほう！　それで、やつらに助《たす》け出《だ》させようというのか。」

魔女《まじょ》は、ばかにしたようにこびとに言《い》いました。

「それなら、やるべきことを、さっさとやってしまったほうがようございましょう。」

「石舞台《いしぶたい》でやりたいところだ。あそこが正式《せいしき》な場所《ばしょ》なのだ。これまでもずっとあそこでなされてきたことだ。」

「石舞台《いしぶたい》がその本来《ほんらい》の使《つか》いかたをされるのは、ずっと先《さき》のことになりそうですね」と、こびと。

「そうだな」と、魔女《まじょ》は言《い》い、それから、「では、はじめるとしよう」とつづけました。

その瞬間《しゅんかん》、一匹《ぴき》のオオカミが、うなり声《ごえ》をあげながら、ふたりのもとに飛《と》びこんできました。

「見《み》つけました。あいつといっしょに、みんな石舞台《いしぶたい》にいます。長官《ちょうかん》モーグリムがやられました。私《わたし》は、やぶにかくれてすべて見《み》ておりました。アダムのむすこのひとりが、長官《ちょうかん》を殺《ころ》しました。にげてください！　にげて！」

「いや、にげる必要《ひつよう》はない」と、魔女《まじょ》は言《い》いました。

「急《いそ》いで行《い》け。味方全員《みかたぜんいん》を呼《よ》びよせ、大至急《だいしきゅう》ここへわたくしに会《あ》いに来《く》るように言《い》え。巨人《きょじん》たち、オオカミ人間《にんげん》、われらの味方《みかた》につく木《き》の精《せい》たちを呼《よ》び出《だ》せ。死食鬼《グール》、化《ば》け物《もの》、人食《ひとく》い鬼《おに》、牛《うし》の頭《あたま》をした怪物《かいぶつ》ミノタウロスを呼《よ》び出《だ》せ。ざんこく族《ぞく》、鬼婆《おにばば》、妖怪《ようかい》、毒《どく》キノコ界《かい》の連中《れんちゅう》を呼《よ》び出《だ》せ。戦《たたか》うぞ。ふん！　わたくしにはまだ魔法《まほう》の杖《つえ》があるではないか？　やつらの軍勢《ぐんぜい》など、やってくるなり、石《いし》に変《か》えてやるわ。すぐに行《い》け。そのあいだに、わたくしにはここで少《すこ》しすませておくことがある。」

大《おお》きな野獣《やじゅう》は一礼《いちれい》すると、向《む》きを変《か》えて、走《はし》り去《さ》りました。

「さてと！」と、魔女《まじょ》。「台《だい》がないから——ううむ。木《き》の幹《みき》にしばるがよい。」

エドマンドはむりやり乱暴《らんぼう》に引《ひ》き起《お》こされました。それからこびとが、エドマンドの背《せ》を木《き》におしつけて、ぎゅっとしばりました。

魔女《まじょ》が上《うえ》に着《き》ていたマントをぬぐのが見《み》えました。下《した》から出《で》てきた腕《うで》はむき出《だ》しで、ひどくまっ白《しろ》でした。うっそうとしたこの谷《たに》はあまりに暗《くら》くてほとんどなにも見《み》えないのに、その異様《いよう》に白《しろ》い腕《うで》だけは、闇《やみ》のなかでくっきりと見《み》えました。

「いけにえの準備《じゅんび》をせよ」と、魔女《まじょ》。

こびとはエドマンドのえりのボタンをはずし、シャツを首《くび》のうしろでつかむと、ぐいと引《ひ》きおろしました。それからエドマンドの髪《かみ》の毛《け》をつかんで、あごがつき出《で》るようにうしろに引《ひ》っぱりました。

そのとき、エドマンドはふしぎな音《おと》を聞《き》きました。シャッ、シャッ、シャッという音《おと》です。なんなのか、しばらくわかりませんでしたが、はっと思《おも》いあたりました。これは、ナイフを研《と》ぐ音《おと》です！　魔女《まじょ》はエドマンドを殺《ころ》そうとしているのです！

まさにその瞬間《しゅんかん》、あちらこちらから大《おお》きなさけび声《ごえ》が聞《き》こえました。パッカパッカというひづめの音《おと》と、バタバタと空《そら》を打《う》つつばさの音《おと》――魔女《まじょ》の悲鳴《ひめい》――あたりは騒然《そうぜん》となりました。

しばらくして、エドマンドは、自分《じぶん》をしばっていたなわが解《と》かれたのに気《き》がつきました。強《つよ》い腕《うで》にだきかかえられ、あちこちから親切《しんせつ》そうな大声《おおごえ》がこう言《い》うのが聞《き》こえました――

「横《よこ》にしてやれ。」――「ワインを飲《の》ませよう。」――「これを飲《の》みなさい。」――「ゆっくり。」――「すぐによくなるから。」

そのうちに、エドマンドに話《はな》しかけているのではなく、おたがいに話《はな》しあっているひとたちの声《こえ》が聞《き》こえてきました。

「だれが魔女《まじょ》をやっつけた？」

「きみだと思《おも》ったけど。」

「魔女《まじょ》の手《て》からナイフをたたき落《お》としたあと、見《み》うしなった――こびとを追《お》いかけていたんだ――まさか、魔女《まじょ》ににげられたんじゃないだろうな？」

「――なにもかもいっぺんに気《き》をつけてはいられないよ――それはなんだい？　ああ、ごめん、ただの古《ふる》い切《き》り株《かぶ》だ！」

ちょうどそこで、エドマンドはふっと気《き》をうしなってしまいました。

すぐに半人半馬《ケンタウロス》と一角獣《ユニコーン》とシカと鳥《とり》たち（おわかりのように、前《まえ》の章《しょう》でアスランが送《おく》りこんだ救出部隊《きゅうしゅつぶたい》です）は、エドマンドを運《はこ》んで石舞台《いしぶたい》にもどるために出発《しゅっぱつ》しました。でも、みんなが立《た》ち去《さ》ったあとにこの谷《たに》で起《お》こったことを見《み》たとしたら、さぞかしおどろいたことでしょう。

あたりはすっかり静《しず》まりかえり、月《つき》がこうこうと明《あか》るくなりました。もし、そこにいたら、月《つき》明《あ》かりに照《て》らされた古《ふる》い木《き》の切《き》り株《かぶ》と、ずいぶん大《おお》きな岩《いわ》とが、見《み》えたことでしょう。でも、じっと見《み》つづけていたら、その切《き》り株《かぶ》と岩《いわ》には少《すこ》しへんなところがあるとだんだん気《き》がついたはずです。そのうち、この切《き》り株《かぶ》は、まるで地面《じめん》の上《うえ》で丸《まる》くなっている太《ふと》った小男《こおとこ》におどろくほど似《に》ていると思《おも》ったことでしょう。さらに長《なが》いあいだ見《み》つめていたら、切《き》り株《かぶ》が大《おお》きな岩《いわ》のところに歩《ある》いていって、話《はな》しかけるのが見《み》えたでしょう。

というのも、大《おお》きな岩《いわ》と切《き》り株《かぶ》は、じつは魔女《まじょ》とこびとだったのです。ものの姿《すがた》を変《か》えてしまうのは魔女《まじょ》の魔法《まほう》であり、手《て》からナイフをたたき落《お》とされた瞬間《しゅんかん》、魔女《まじょ》には魔法《まほう》を使《つか》うだけのおちつきがあったのです。魔法《まほう》の杖《つえ》もしっかりにぎっていましたから、杖《つえ》も無事《ぶじ》でした。

つぎの朝《あさ》、エドマンド以外《いがい》の子《こ》どもたちが目《め》をさますと（テントのなかのクッションの山《やま》に寝《ね》ていたのです）、最初《さいしょ》に耳《みみ》に入《はい》ったのは、ビーバー夫人《ふじん》の声《こえ》でした。弟《おとうと》のエドマンドが助《たす》かって、ゆうべおそくキャンプに運《はこ》びこまれた、そして今《いま》はアスランのところにいる、と言《い》うのです。

三人《にん》は朝《あさ》ごはんをすませるとすぐに出《で》かけて、アスランとエドマンドがふたりきりで露《つゆ》にぬれた草《くさ》の上《うえ》を散歩《さんぽ》しているのを目《め》にしました。アスランがなにを語《かた》っていたのか、だれにも聞《き》こえませんでしたし、みなさんにお伝《つた》えしなくてもいいことですが、エドマンドにとっては決《けっ》して忘《わす》れられない会話《かいわ》でした。

ほかのみんなが近《ちか》づくと、アスランはふりかえってむかえて、エドマンドを引《ひ》きあわせました。

「きみたちのきょうだいだ」と、アスラン。「そして――すぎたことは言《い》わなくてもよろしい。」

エドマンドはみんなと順番《じゅんばん》にあくしゅをして、ひとりひとりに「ごめんなさい」と言《い》いました。

そしてみんなは「いいんだよ」と、答《こた》えました。

それからみんなは、もうすっかり仲直《なかなお》りができたことがよくわかるようなことを、なにか――なにかふつうの、自然《しぜん》なことを――言《い》いたくてたまらなかったのですが、もちろん、なんて言《い》っていいのかわかりませんでした。

でも、それでぎこちなくなってしまうひまもなく、ヒョウがアスランのところへやってきて言《い》いました。

「陛下《へいか》、敵《てき》の使者《ししゃ》が面会《めんかい》を求《もと》めております。」

「通《とお》せ」と、アスラン。

ヒョウは立《た》ち去《さ》り、すぐに魔女《まじょ》のこびとをつれてもどってきました。

「伝言《でんごん》はなんだ、大地《だいち》のむすこよ？」

アスランはこびとにたずねました。

「ナルニアの女王《じょおう》にして、ローン諸島《しょとう》の女帝《じょてい》は、おまえにも女王《じょおう》にも利益《りえき》となる事《こと》がらについて話《はな》すべく、女王自身《じょおうじしん》がここへ来《く》る際《さい》の身《み》の安全《あんぜん》の保障《ほしょう》を求《もと》めておられる。」

「ナルニアの女王《じょおう》だと！」と、ビーバーさん。「よくも、いけしゃあしゃあと――」

「静《しず》まれ、ビーバー」と、アスラン。「あらゆる名前《なまえ》は、その正当《せいとう》なる持《も》ち主《ぬし》のもとに、やがてかえされよう。それまで議論《ぎろん》はすまい。おまえの主人《しゅじん》に伝《つた》えるがよい、大地《だいち》のむすこよ、魔法《まほう》の杖《つえ》をあの大《おお》きなカシの木《き》のところに置《お》いてくるなら、その身《み》の安全《あんぜん》を約束《やくそく》すると。」

こびとはこれに同意《どうい》し、二頭《とう》のヒョウがこびとにつきそって立《た》ち去《さ》り、この条件《じょうけん》がきちんと実行《じっこう》されるか見《み》とどけに行《い》きました。

「でも、魔女《まじょ》があの二頭《とう》のヒョウを石《いし》に変《か》えちゃったらどうするの？」

ルーシーがピーターにささやきました。

同《おな》じことをヒョウたちも考《かんが》えていたようです。いずれにせよ、立《た》ち去《さ》るとき、ヒョウたちの毛《け》はすっかり逆立《さかだ》っていて、しっぽは――見知《みし》らぬ犬《いぬ》に出会《であ》ったネコみたいに――ピンとおっ立《た》っていたのです。

「だいじょうぶだよ。」ピーターは、ささやきかえしました。「でなきゃ、アスランが行《い》かせるはずがないもの。」

数分後《すうふんご》、魔女《まじょ》その人《ひと》が、丘《おか》の頂上《ちょうじょう》に歩《ある》いてやってきて、アスランの前《まえ》につかつかと歩《あゆ》み出《で》ました。これまで魔女《まじょ》を見《み》たことがなかった三人《にん》の子《こ》どもたちは、その顔《かお》を見《み》て背《せ》すじがこおりつく思《おも》いがしました。そこにいた動物《どうぶつ》たちみんなから低《ひく》いうなり声《ごえ》がもれました。明《あか》るく太陽《たいよう》が照《て》っているのに、みんな、ふいに寒《さむ》さを感《かん》じたのです。

すっかりおちついているように見《み》えたのは、アスランと魔女《まじょ》その人《ひと》だけでした。そのふたつの顔《かお》——黄金《おうごん》の顔《かお》と死《し》んだように白《しろ》い顔《かお》——がこんなに近《ちか》くにあるのを見《み》るのは、なんとも奇妙《きみょう》なことでした。と言《い》っても、魔女《まじょ》はアスランの目《め》をしっかり見《み》すえていたわけではありません。とりわけビーバー夫人《ふじん》は、そのことに気《き》がつきました。

「そこにうらぎりものがいるぞ、アスラン」と、魔女《まじょ》は言《い》いました。

もちろん、そこにいたみんなは、エドマンドのことを言《い》っているのだとわかりました。でも、エドマンドは、これまでのひどい経験《けいけん》と今朝《けさ》アスランと交《か》わした会話《かいわ》のおかげで、自分勝手《じぶんかって》な考《かんが》えは捨《す》てていました。エドマンドは、アスランをじっと見《み》つめつづけていました。魔女《まじょ》がなにを言《い》おうと気《き》にならないようすでした。

「どうかな」と、アスラン。「この子《こ》が悪《わる》いことをしたのは、おまえに対《たい》してではない。」

「深遠《しんえん》なる魔法《まほう》のことを忘《わす》れたのか？」魔女《まじょ》がたずねました。

「忘《わす》れたということにしよう。」

アスランは重々《おもおも》しく答《こた》えると、つづけました。

「その深遠《しんえん》なる魔法《まほう》のことをみんなに話《はな》してくれ。」

「話《はな》せだと？」

そう言《い》った魔女《まじょ》の声《こえ》は急《きゅう》にかん高《だか》くなりました。

「すぐそこにある、その石舞台《いしぶたい》に書《か》かれていることを話《はな》せだと？　秘密《ひみつ》の丘《おか》の固《かた》い石《いし》に深《ふか》く深《ふか》く彫《ほ》りつけられた文字《もじ》で書《か》かれたことを話《はな》せだと？　海《うみ》のかなたの皇帝《こうてい》の笏杖《しゃくじょう》（皇帝《こうてい》の身分《みぶん》を示《しめ》す杖《つえ》）に彫《ほ》られたことを話《はな》せだと？　少《すく》なくともおまえは、ナルニアができたときに、皇帝《こうてい》がナルニアにかけた魔法《まほう》のことを知《し》っているはずだ。その魔法《まほう》のおきてによって、どんなうらぎりものもわたくしのえじきとなり、一回《かい》のうらぎり行為《こうい》について、わたくしにはひとり殺《ころ》す権利《けんり》がある、と。」

「へえ」と、ビーバーさん。「それで、自分《じぶん》が女王《じょおう》だと思《おも》いこんじまったってわけだ。皇帝《こうてい》の死《し》刑執行人《けいしっこうにん》だもんな。」

「静《しず》まれ、ビーバー。」アスランは、とても低《ひく》くうなりながら言《い》いました。

「だから、」魔女《まじょ》はつづけました。「その人間《にんげん》はわたくしのものだ。その命《いのち》はわたくしのものだ。その血《ち》はわたくしのものだ。」

「では、取《と》りに来《き》てみろ。」人《ひと》の頭《あたま》をした牡牛《おうし》が、とどろくような大声《おおごえ》で言《い》いました。

魔女《まじょ》は、まるで犬《いぬ》が歯《は》をむき出《だ》してうなるような、ざんこくそうな笑《え》みをうかべて言《い》いました。

「ばかものめ。おまえらの主人《しゅじん》が力《ちから》ずくでわが権利《けんり》をうばえるとでも思《おも》っているのか？　そいつは、深遠《しんえん》なる魔法《まほう》のことをもっとずっとよくわかっている。おきてが定《さだ》めるとおりにわたくしに血《ち》があたえられなければ、ナルニアはひっくりかえり、火《ひ》と水《みず》のなかでほろびるとわかっているのだ。」

「まさにそのとおりだ」と、アスラン。「否定《ひてい》はしない。」

「ねえ、アスラン！　どうにかならないのかしら――だって、まさか、そんなことないわよね？　その深遠《しんえん》なる魔法《まほう》をどうにかできないの？　それをとめるために、なにかできないの？」

スーザンがライオンの耳《みみ》にささやきました。

「皇帝《こうてい》の魔法《まほう》をとめるだと？」

アスランは、こわい顔《かお》をしてスーザンをふりかえりました。それで、もうその提案《ていあん》をする者《もの》はいなくなりました。

アスランの反対側《はんたいがわ》にいたエドマンドは、じっとアスランの顔《かお》を見《み》つづけていました。胸《むね》がつまるような感《かん》じがして、なにか言《い》わなければならないのではないかと思《おも》いました。でも、しばらくして、自分《じぶん》はただ待《ま》って、言《い》われたことをするべきだと思《おも》いました。

「さがれ、みなの者《もの》」と、アスラン。「魔女《まじょ》とふたりだけで話《はなし》をする。」

みんな、その言葉《ことば》にしたがいました。おそろしい待《ま》ち時間《じかん》でした。ライオンと魔女《まじょ》がなにをひそひそとしんけんに話《はな》しあっているのだろうと、みんな、やきもきしました。

ルーシーが「ああ、エドマンド！」と言《い》って、泣《な》きだしました。ピーターは、みんなに背《せ》をむけて、遠《とお》くの海《うみ》をながめました。ビーバー夫妻《ふさい》は、頭《あたま》をたれたまま、おたがいの両手《りょうて》を取《と》りあいました。半人半馬《ケンタウロス》は、いらいらと、ひづめをふみ鳴《な》らしました。

でも、最後《さいご》にはみんな、しーんとして、ミツバチがぶんぶんと飛《と》んでも、下《した》の森《もり》で鳥《とり》が鳴《な》いても、風《かぜ》で葉《は》がゆれても、どんな小《ちい》さな音《おと》も聞《き》きのがさないほど静《しず》まりかえったのですが、それでもアスランと白《しろ》の魔女《まじょ》の話《はなし》はつづきました。

ついにアスランの声《こえ》が聞《き》こえてきました。

「みんな、もどってきてよろしい。決着《けっちゃく》はついた。魔女《まじょ》は、きみたちのきょうだいの血《ち》を要求《ようきゅう》することをあきらめた。」

あたかも、じっと息《いき》をこらえていたみんながまた息《いき》をしはじめたかのような音《おと》が丘《おか》じゅうにひろがり、がやがやと話《はな》し声《ごえ》がしました。

魔女《まじょ》は、はげしいよろこびの表情《ひょうじょう》をうかべて立《た》ち去《さ》りかけて、立《た》ちどまってこう言《い》いました。

「だが、この約束《やくそく》がまもられるという保証《ほしょう》はあるのか？」

「**ガオーオウー！**」

アスランが、玉座《ぎょくざ》から立《た》ちあがらんばかりになって、ほえました。

その大《おお》きな口《くち》はどんどん大《おお》きくなり、そのほえ声《ごえ》もどんどん大《おお》きくなったので、口《くち》をぽかんとあけてしばらく見《み》つめていた魔女《まじょ》は、スカートのすそを持《も》ちあげると、命《いのち》からがら、ほうほうの体《てい》でにげていきました。

14 魔女《まじょ》の勝利《しょうり》

魔女《まじょ》がいなくなるとすぐに、アスランは言《い》いました。

「ただちにここから立《た》ち去《さ》らねばならぬ。ここは、ほかの目的《もくてき》に使《つか》われる。今晩《こんばん》はベルーナの浅《あさ》瀬《せ》で野営《やえい》しよう。」

もちろん、みんなは、魔女《まじょ》とどんな取《と》り決《き》めをしたのかアスランに聞《き》いてみたくてしかたありませんでしたが、アスランの表情《ひょうじょう》はきびしく、そのほえ声《ごえ》でまだ耳《みみ》がじんじんとしていたので、だれひとり聞《き》こうとする者《もの》はいませんでした。

日《ひ》ざしが強《つよ》くなって草《くさ》がかわいていたので、丘《おか》の頂上《ちょうじょう》のテントの外《そと》で食事《しょくじ》を取《と》り、そのあとテントをたたんだり、荷造《にづく》りをしたりと、しばらくいそがしくなりました。午後《ご ご》二時《じ》になる前《まえ》に、一同《いちどう》は、北東《ほくとう》を目指《めざ》し、ゆるゆると行進《こうしん》をはじめました。ベルーナの浅《あさ》瀬《せ》は、すぐそこです。旅《たび》のはじめのうちに、アスランは、ピーターに作戦《さくせん》を説明《せつめい》しました。

「このあたりで魔女《まじょ》が仕事《しごと》をおわらせしだい、魔女《まじょ》の一群《いちぐん》は、まずまちがいなく、魔女《まじょ》の館《やかた》にもどって、包囲戦《ほういせん》の準備《じゅんび》をするだろう。むりかもしれぬが、できれば魔女《まじょ》のじゃまをして、館《やかた》にもどらせないようにするのだ。」

それから、戦《たたか》いのふたつの作戦《さくせん》のあらましを話《はな》しました。森《もり》で魔女《まじょ》の軍《ぐん》と戦《たたか》う方法《ほうほう》と、魔女《まじょ》の城《しろ》を攻撃《こうげき》する方法《ほうほう》です。そしてそのあいだじゅう、どうやって作戦《さくせん》を指揮《しき》するかピーターに教《おし》え、「ケンタウロスをこれこれの場所《ばしょ》に配置《はいち》しろ」「魔女《まじょ》がしかじかのことをしていないか、だれか行《い》かせてさぐらせろ」というように命《めい》じつづけるものですから、とうとうピーターは言《い》いました。

「でも、アスラン、あなたもいっしょにいらっしゃるんでしょう?」

「それはどうなるかわからん。」

アスランは、指示《しじ》をつづけました。

そのあとアスランはひとりきりで歩《ある》いていましたが、そのようすをよく見《み》かけたのは、スーザンとルーシーでした。アスランは、あまり口《くち》をきかず、さびしそうに見《み》えました。

谷底《たにぞこ》がひろがって、川《かわ》はばがひろく、流《なが》れが浅《あさ》くなっている場所《ばしょ》まで来《き》ても、まだ夕方《ゆうがた》にはなっていませんでした。ここが、ベルーナの浅瀬《あさせ》です。アスランは、川《かわ》のこちら側《がわ》の岸《きし》でとまれと合図《あいず》しました。けれども、ピーターが言《い》いました。

「むこう側《がわ》でキャンプしたほうがよくないでしょうか。夜討《ようう》ちをかけられるといけませんから。」

ほかのことを考《かんが》えていたらしいアスランは、そのりっぱなたてがみをぴくりとゆらして、ねむりからさめたように言《い》いました。

「うん？　なんだって？」

そこでピーターは、さっきと同《おな》じことを、すっかり言《い》い直《なお》しました。

「いや。」アスランは、どうでもいいというような、つかれた声《こえ》で言《い》いました。「いや。今宵《こよい》、夜《よ》討《う》ちはない。」

それから、深《ふか》いため息《いき》をつきました。しかし、すぐに、こう言《い》いそえました。

「だが、よくぞ思《おも》いついた。それこそ戦士《せんし》の考《かんが》えるべきことだ。しかし、本当《ほんとう》に気《き》にせんでよい。」

そこで、みんなはテントを張《は》りにかかりました。

アスランの気分《きぶん》は、その晩《ばん》みんなにうつりました。ピーターは自分《じぶん》だけで戦《たたか》うことを思《おも》うとおちつきませんでしたし、アスランがいないかもしれないという話《はなし》はたいへんなショックでした。

その晩《ばん》の夕《ゆう》ごはんは、静《しず》かな食事《しょくじ》でした。昨晩《さくばん》、いや今朝《けさ》ともずいぶんちがうとだれもが感《かん》じていました。まるで、はじまったばかりのいい時代《じだい》がもうおわろうとしているかのようでした。

その感《かん》じは、スーザンにも伝《つた》わって、床《とこ》に入《はい》っても寝《ね》つけませんでした。羊《ひつじ》を数《かぞ》えたり、何度《なんど》も寝《ね》がえりを打《う》ったりして横《よこ》になっていると、ルーシーが長《なが》いため息《いき》をついて、暗《くら》やみのなか、すぐそばで寝《ね》がえりを打《う》つ音《おと》が聞《き》こえました。

「あなたも、ねむれないの？」と、スーザン。

「うん」と、ルーシー。「スーザン、寝《ね》てるのかと思《おも》った。ねえ！」

「なあに？」

「ものすごくこわいの。なにかがみんなの上《うえ》におおいかぶさっているみたいな気《き》がする。」

「そうなの？　じつを言《い》うと、私《わたし》もよ。」

「アスランにね」と、ルーシー。「アスランになにかひどいことが起《お》こるんじゃないかな。でなきゃ、アスランがなにかこわいことをするんじゃないかな。」

「今日《きょう》の午後《ごご》じゅうずっと、アスランはようすがおかしかったわ。ルーシー！　戦《たたか》いのときにいっしょにいられないことについて、アスラン、なんて言《い》ったんだっけ？　まさか、今晩《こんばん》こっそりぬけ出《だ》して、私《わたし》たちを置《お》いてけぼりにしたりしないわよね？」

「今《いま》、どこにいるのかな？」と、ルーシー。「このテントのなかかな？」

「ちがうと思《おも》うわ。」

「スーザン！　外《そと》に出《で》てあたりを見《み》てみよう。会《あ》えるかもしれない。」

「そうね。そうしましょう」と、スーザン。「ここで目《め》をさましたまま横《よこ》になっているより、そうしたほうがいいわね。」

そうっと、そうっと、ふたりの女《おんな》の子《こ》は、ねむっているひとたちのあいだを手探《てさぐ》りで進《すす》み、テントから外《そと》へはい出《だ》しました。月《つき》が明《あか》るく、川《かわ》のせせらぎが石《いし》にあたる音以外《おといがい》、なにもかもとても静《しず》かでした。とつぜん、スーザンがルーシーの腕《うで》を取《と》って言《い》いました。

「見《み》て！」

キャンプの遠《とお》くのはし、ちょうど木々《きぎ》が生《は》えはじめているところで、アスランがのっそりと森《もり》のなかへ入《はい》っていくのが見《み》えました。ひとことも言《い》わずに、ふたりはあとをつけました。

アスランは谷《たに》の川《かわ》からはなれて、急《きゅう》な坂道《さかみち》をのぼり、少《すこ》し右《みぎ》にそれていきました。あきらかに今日《きょう》の午後《ごご》、石舞台《いしぶたい》がある丘《おか》からおりてきた、まさにその道《みち》です。どんどんとアスランは、ふたりの前《まえ》を歩《ある》いていきます。木《こ》かげに入《はい》ったり、青白《あおじろ》い月光《げっこう》のなかに出《で》たりして進《すす》むアスランを、ふたりは露《つゆ》でしっとりと足《あし》をぬらしながら追《お》いました。

いつものアスランとは、どこかようすがちがっていました。しっぽと頭《あたま》を低《ひく》くたれて、ひどくつかれているかのように、のっそりと歩《ある》いていました。やがて、身《み》のかくしようのないひろい空《あ》き地《ち》へ出《で》たところで、アスランは立《た》ちどまってあたりを見《み》まわしました。

今《いま》さらにげかくれしてもしかたありませんでしたので、ふたりはアスランのところへやってきました。近《ちか》くまで来《く》るとアスランが言《い》いました。

「ああ、子《こ》どもたち、子《こ》どもたち、なぜあとをついてきた？」

「ねむれなかったの」

と、ルーシーが言《い》いました。そして、それ以上言《いじょうい》わなくても、アスランはふたりの考《かんが》えていることをわかってくれると感《かん》じました。

「おねがいです。いっしょに行《い》ってもいいですか。どちらへいらっしゃるにせよ。」

スーザンがたずねました。

「うむ――」

と、アスランは考《かんが》えているようすでした。それから、こうつづけました。

「今晩《こんばん》は連《つ》れがいてくれるとうれしい。そうだな。私《わたし》が命《めい》じたときにとまって、そのあとは私《わたし》ひとりで行《い》かせてくれると約束《やくそく》するなら、来《き》てもよろしい。」

「ああ、ありがとう、ありがとう。ついていきます」と、スーザンとルーシーは言《い》いました。

一同《いちどう》はふたたび前進《ぜんしん》し、ふたりはそれぞれアスランの両《りょう》わきについて歩《ある》きました。

でも、なんてゆっくり歩《ある》くことでしょう！　堂々《どうどう》とした大《おお》きな頭《あたま》はがっくりとうつむいて、鼻《はな》が草《くさ》にさわらんばかりです。

そのうちにアスランはつまずいて、低《ひく》いうめき声《ごえ》をあげました。

「アスラン！　アスランったら！」と、ルーシー。「どうしたの？　教《おし》えて？」

「具合《ぐあい》が悪《わる》いの、アスラン？」と、スーザン。

「いや」と、アスラン。「悲《かな》しくて心細《こころぼそ》いのだよ。たてがみに手《て》を置《お》いてくれ。きみたちがいっしょだと感《かん》じられるように。そうやって歩《ある》いていこう。」

そこでふたりは、ゆるしがなければこわくて決《けっ》してできなかったけれど、はじめて会《あ》ったときからずっとやってみたくてたまらなかったことをやりました。

美《うつく》しい毛《け》の海《うみ》に冷《つめ》たい両手《りょうて》をふかぶかとうずめて、毛並《けな》みをなでたのです。そうしながら、いっしょに歩《ある》いていきました。

やがて、石舞台《いしぶたい》がある丘《おか》の坂道《さかみち》をあがっていることに気《き》づきました。ずっと上《うえ》まで木《き》が生《は》えている斜面《しゃめん》をのぼり、最後《さいご》の木《き》まで来《き》たところ（あたりにしげみがある木《き》です）で、アスランは立《た》ちどまって言《い》いました。

「ああ、子《こ》どもたち、子《こ》どもたち。きみたちはここまでだ。どんなことがあっても、姿《すがた》を見《み》せてはならないよ。さようなら。」

すると、ふたりの女《おんな》の子《こ》は（どうしてだかわからないまま）とてもはげしく泣《な》いて、アスランにしがみつき、あちこちにキスをしました。たてがみにも、鼻《はな》にも、前《まえ》足《あし》にも、大《おお》きな悲《かな》しそうな目《め》にも。

それからアスランは、ふたりに背《せ》をむけて、丘《おか》の頂上《ちょうじょう》へ歩《ある》いていきました。ルーシーとスーザンはしげみのなかにしゃがんで、アスランのうしろ姿《すがた》を見《み》おくりましたが、ふたりが目《め》にしたのは、つぎのようなことでした。

石舞台《いしぶたい》のまわりにたくさんの人《ひと》だかりがしていて、月《つき》が照《て》っているにもかかわらず、多《おお》くの生《い》き物《もの》が不吉《ふきつ》に赤《あか》く燃《も》えて黒《くろ》い煙《けむり》をたてるたいまつをかかげていました。

それにしてもまあ、なんという連中《れんちゅう》でしょう！

おそろしい牙《きば》をした人食《ひとく》い鬼《おに》、オオカミども、牛《うし》の頭《あたま》をした男《おとこ》たち、悪《わる》い木《き》の精《せい》、毒《どく》をもつ植物《しょくぶつ》の精《せい》がおり、そのほかの生《い》き物《もの》のようすはあまりにこわくてお伝《つた》えで

きません。そのようすを書《か》いたりしたら、きっと大人《おとな》たちはこんなこわい本《ほん》を読《よ》んではいけないと言《い》うことでしょう——毛《け》の生《は》えたざんこく族《ぞく》、鬼婆《おにばば》、夢魔《むま》、吸霊魔《きゅうれいま》、まっ黒《くろ》な恐怖族《きょうふぞく》、強力《きょうりょく》な風《かぜ》の精《せい》イフリート、いたずら小鬼《こおに》、ちっぽけで鼻《はな》のとんがった天邪鬼《あまのじゃく》オークニー、大《おお》きな毛《け》むくじゃらのウーズ、双頭《そうとう》の巨人《きょじん》エティンといった連中《れんちゅう》ばかりなのですから。

実際《じっさい》のところ、魔女《まじょ》の味方全員《みかたぜんいん》が、オオカミから魔女《まじょ》の命令《めいれい》を聞《き》いて集《あつ》まっていたのです。そのまんなか、石舞台《いしぶたい》の近《ちか》くに、魔女《まじょ》その人《ひと》が立《た》っていました。

大《おお》きなライオンがのっしのっしと近《ちか》づいてくるのを見《み》ると、化《ば》け物《もの》たちはほえ、おじけづいたようなわけのわからぬさけびをあげました。最初《さいしょ》は、魔女《まじょ》でさえ、おそれおののいたように見《み》えました。それから魔女《まじょ》は、気《き》を取《と》り直《なお》して、けたたましい笑《わら》い声《ごえ》をあげました。

「ばかものめ！」魔女《まじょ》はさけびました。「ばかものが来《き》たわ。しばりあげろ。」

ルーシーとスーザンは息《いき》を殺《ころ》して、アスランがほえて、敵《てき》におそいかかるのを待《ま》ちました。でも、そうはなりませんでした。四人《にん》の鬼婆《おにばば》が、にやにやして意地《いじ》の悪《わる》い目《め》つきをしながら、それでも（最初《さいしょ》のうちは）へっぴりごしで、ちゃんとしばれるかびくびくしながら、アスランに近《ちか》づいてきました。

「しばれと言《い》うに！」白《しろ》の魔女《まじょ》がくりかえしました。

鬼婆《おにばば》どもは、アスランにおどりかかり、一切抵抗《いっさいていこう》をしないとわかると、勝利《しょうり》のさけびをあげました。それから、悪《わる》いこびとやサルどもといったほかの者《もの》たちが走《はし》りよって手《て》を貸《か》し、よってたかって大《おお》きなライオンをあおむけにひっくりかえして、四本《ほん》の足《あし》をひとつにしばりあげ、まるで、なにか勇《いさ》ましいことでもしでかしたかのようにさけんだり、歓声《かんせい》をあげたりしました。

もしアスランがその気《き》になりさえすれば、前足《まえあし》一本《ぽん》でみんなを打《う》ち殺《ころ》してしまうことだってできたのです。ところがアスランは、ぎゅうぎゅうとしばりあげられ、なわが体《からだ》に食《く》いこんでも、声《こえ》ひとつあげませんでした。一同《いちどう》は、アスランを石舞台《いしぶたい》のほうへ引《ひ》きずっていこうとしました。

「待《ま》て！」と、魔女《まじょ》。「まず、毛《け》を刈《か》ってしまえ。」

人食《ひとく》い鬼《おに》が、大《おお》ばさみを持《も》って前《まえ》に出《で》てきて、アスランの頭《あたま》のそばにしゃがみこむと、どっと、いやらしい笑《わら》い声《ごえ》がどよめきとなって起《お》こりました。チョキ、チョキ、チョキと大《おお》ばさみが動《うご》き、どさっと黄金《おうごん》の巻《ま》き毛《げ》が地面《じめん》に落《お》ちました。

それから、人食《ひとく》い鬼《おに》がうしろにさがると、かくれ場所《ばしょ》から見《み》まもっていた女《おんな》の子《こ》たちには、たてがみがなくなったアスランの顔《かお》がずいぶん小《ちい》さく変《か》わったように見《み》えました。敵《てき》にもまた、それがわかったようです。

「しょせんは、でっかいネコじゃねえか！」だれかが、さけびました。

「こんなものを、おれたちはこわがっていたのか？」と、別《べつ》の者《もの》。

それから一同《いちどう》は、アスランをばかにして、まわりにむらがって、

「ネコちゃん、ネコちゃん！　あーら、かわいそうに。」

「今日《きょう》はなん匹《びき》、ネズミをつかまえた？」

「ミルクを飲《の》むかい、にゃんこちゃん？」

などと、はやしたてました。

「なんてことを。けだものだわ。けだもの！」

ルーシーは、涙《なみだ》をぼろぼろこぼしながら言《い》いました。

でも、最初《さいしょ》のショックがすぎると、アスランのさっぱりとした顔《かお》は、以前《いぜん》よりももっと勇《いさ》ましく、もっと美《うつく》しく、もっとがまん強《づよ》いように、ルーシーには見《み》えました。

「口輪《くちわ》をはめろ！」と、魔女《まじょ》がさけびました。

連中《れんちゅう》が口輪《くちわ》をはめようとしているそのときでさえ、アスランががぶりとひとかみすれば、二、三人《にん》の手《て》はなくなっていたことでしょう。でも、アスランはなにもしませんでした。

それで、いよいよ、連中《れんちゅう》は調子《ちょうし》づいたようです。今《いま》や、だれもかれもがアスランに手《て》を出《だ》していました。アスランがしばりあげられたあとも近《ちか》づくのをこわがっていた者《もの》たちでさえ、強気《つよき》に

なって、わっとアスランにむらがったものですから、しばらくは、ふたりの女《おんな》の子《こ》たちからアスランが見《み》えなくなるほどでした。

それほど大《おお》ぜいで、よってたかってアスランをけったり、なぐったり、つばをはきかけたり、からかったりしたのでした。

ついに、暴徒《ぼうと》たちは思《おも》う存分《ぞんぶん》やることをやって、しばられて口輪《くちわ》をはめられたライオンを引《ひ》っぱったり押《お》したりしながら、石舞台《いしぶたい》のところへ引《ひ》きずっていきました。あまりに大《おお》きかったので、その場所《ばしょ》に着《つ》いてからも、石舞台《いしぶたい》の上《うえ》にあげるのが一苦労《ひとくろう》でした。上《うえ》にあげると、もっとなわをかけ、きつくしばりあげました。

「ひきょう者《もの》！　ひきょう者《もの》！」スーザンは泣《な》きました。「あんなにしてまで、まだアスランがこわいの？」

平《ひら》たい石《いし》の上《うえ》にアスランがしばりつけられると（がんじがらめで、なわだらけになっていました）、一同《いちどう》はしんと静《しず》まりかえりました。四人《にん》の鬼婆《おにばば》が、四本《ほん》のたいまつをかかげて、石舞台《いしぶたい》の四《よ》すみに立《た》ちました。魔女《まじょ》は、昨晩《さくばん》アスランではなくエドマンドにナイフをふるおうとしたときに腕《うで》まくりをして見《み》せた、あの腕《うで》をまたむき出《だ》して見《み》せました。それからナイフを研《と》ぎはじめました。たいまつの光《ひかり》がナイフにあたると、まるでその刃《は》が鋼鉄《こうてつ》ではなく石《いし》でできているかのように女《おんな》の子《こ》たちには見《み》えました。それは、見《み》たこともない邪悪《じゃあく》な形《かたち》をしていました。

いよいよ魔女《まじょ》が近《ちか》よってきました。アスランの頭《あたま》の横《よこ》に立《た》ちます。魔女《まじょ》の顔《かお》は興奮《こうふん》してぴくぴく引《ひ》きつっていましたが、じっと空《そら》を見《み》あげたままのアスランの顔《かお》は、あいかわらずおだやかで、怒《おこ》るでもおそれるでもなく、ただ少《すこ》し悲《かな》しそうでした。

それから、魔女《まじょ》は、一撃《いちげき》をくわえる直前《ちょくぜん》に、かがみこんで、ふるえる声《こえ》で言《い》いました。

「さあ、勝《か》ったのは、だれだ？　ばかものめ、こんなことで、人間《にんげん》のうらぎりものを救《すく》えるとでも思《おも》ったのか？　さあ、約束《やくそく》どおり、あいつのかわりに、おまえを殺《ころ》してやる。それで、深遠《しんえん》なる魔法《まほう》はおさまるわけだ。だが、おまえが死《し》んだら、だれがわたくしのじゃまをする？　あいつを殺《ころ》すじゃまはなくなるのだ。だれが、この手《て》から、あいつを救《すく》い出《だ》す？　おまえは、わたくしにナルニアを永遠《えいえん》にあたえたのだ。おまえはその命《いのち》をうしない、しかもやつの命《いのち》を救《すく》えない。そう知《し》って、絶望《ぜつぼう》して死《し》ね。」

スーザンとルーシーは、殺《ころ》しの瞬間《しゅんかん》そのものを見《み》ませんでした。とても見《み》るにしのびなく、目《め》をおおってしまったのです。

15 時《とき》がはじまるより前《まえ》の、もっと深遠《しんえん》なる魔法《まほう》

ふたりの女《おんな》の子《こ》が手《て》で顔《かお》をおおって、しげみのなかでまだしゃがんでいるときに、魔女《まじょ》がさけぶ声《こえ》が聞《き》こえました。

「さあ！　みんなついてくるがよい。戦《いくさ》のかたをつけるぞ！　大《おお》ばかもののあの大《おお》ネコが死《し》んだ今《いま》となっては、人間《にんげん》という害虫《がいちゅう》やうらぎりものどもをひねりつぶすのに手間《てま》はかからぬ。」

このとき、女《おんな》の子《こ》たちは、ほんのしばらくのあいだ、たいへん危険《きけん》な状態《じょうたい》にありました。というのも、この胸《むね》の悪《わる》くなるような化《ば》け物《もの》の群《む》れが、けたたましいさけび声《ごえ》をあげ、ピーという笛《ふえ》や、かん高《だか》い音《おと》の角笛《つのぶえ》を鳴《な》らしながら、丘《おか》の頂上《ちょうじょう》からどっとおりてきて、ふたりのかくれている場所《ばしょ》を通《とお》りすぎて坂《さか》をかけおりていったからです。妖怪《ようかい》が冷《つめ》たい風《かぜ》のようにそばを通《とお》りすぎていったのが感《かん》じられましたし、牛男《ミノタウロス》どものパッカパッカと走《はし》る足《あし》の下《した》で地面《じめん》がゆれるのも感《かん》じられました。頭《あたま》の上《うえ》では、けがらわしいつばさが突風《とっぷう》を起《お》こし、ハゲワシや巨大《きょだい》なコウモリが空《そら》をまっ黒《くろ》にして通《とお》りました。

ほかのときだったら、スーザンとルーシーはこわくてぶるぶるふるえたでしょうが、今《いま》は悲《かな》しいのと、くやしいのと、アスランが死《し》んだおそろしさとで、心《こころ》がいっぱいになっていて、危険《きけん》だとは、あまり思《おも》いませんでした。

森《もり》がふたたびしーんと静《しず》まるとすぐに、ふたりは丘《おか》の頂上《ちょうじょう》の原《はら》っぱへと、はい出《だ》していきました。

月《つき》は低《ひく》くなっていて、うすい雲《くも》がその前《まえ》を流《なが》れていましたが、しばられたアスランが死《し》んで横《よこ》たわっている姿《すがた》は見《み》えました。

ふたりとも、ぬれた草《くさ》にひざまずいて、アスランの冷《つめ》たい顔《かお》にキスをし、まだのこっていた美《うつく》しい毛並《けな》みをなでて、もうこれ以上《いじょう》泣《な》けないというくらいに泣《な》きました。それからおたがいを見《み》て、ただただざびしくておたがいの手《て》を取《と》り、また泣《な》きました。それから、だまってしまいました。とうとう、ルーシーが言《い》いました。

「あのひどい口輪《くちわ》、見《み》てられない。はずせないかな?」

ふたりはやってみました。手《て》がかじかんでいましたし、今《いま》は夜《よる》のなかでもいちばん暗《くら》い時刻《じこく》だったので、ずいぶんあれこれやってみたあげく、ようやくうまくいきました。口輪《くちわ》がはずれた顔《かお》を見《み》ると、ふたりはまた泣《な》きだしてしまい、その顔《かお》にキスをし、なでて、できるかぎり血《ち》や泡《あわ》をふきとってあげました。言葉《ことば》にできないほど、さびしく、切《せつ》なく、おそろしい顔《かお》でした。

「なわも、はずしてあげられるかしら?」

すぐにスーザンが言《い》いました。でも、敵《てき》どもは、ただひたすら苦《くる》しめるためだけに、ぎゅうぎゅう、なわをしめつけていましたので、女《おんな》の子《こ》たちには結《むす》び目《め》をどうしてもほどくことができませんでした。

この本《ほん》を読《よ》んでいるみなさんには、あの夜《よる》のスーザンとルーシーほど、みじめになってほしくないと思《おも》いますが、もしみなさんがそんな気持《きも》ちになって——一晩《ひとばん》じゅうねむらずに、涙《なみだ》がかれるまで泣《な》きとおしたりしたら——最後《さいご》にはある種《しゅ》の静《しず》けさがやってくるものだとわかるでしょう。もう、なにも起《お》こりはしないという気《き》になるのです。

少《すく》なくとも、このふたりには、そんな気《き》がしていました。この死《し》んだような静《しず》けさのなかで、何時間《なんじかん》も何時間《なんじかん》もすぎていったように感《かん》じられ、自分《じぶん》たちがどんどん冷《ひ》えていることにも気《き》がつきませんでした。

しかし、ついにルーシーがふたつのことに気《き》がつきました。ひとつは、丘《おか》の東側《ひがしがわ》の空《そら》が一時間《じかん》前《まえ》よりも少《すこ》し明《あか》るくなってきたということ。もうひとつは、足《あし》もとの草《くさ》になにか小《ちい》さな動《うご》くものがいるということです。

最初《さいしょ》は、気《き》にもとめていませんでした。そんなことがなんだというのでしょう？　もう今《いま》となっては、なにもかも、どうでもいいのです！　でも、そんなルーシーにも、とうとう、それがなんであれ、石舞台《いしぶたい》のあしをあがってきていることがわかりました。そして今《いま》や、アスランの体《からだ》の上《うえ》をうごめいているのです。ルーシーは顔《かお》を近《ちか》づけて、よく見《み》てみました。それは、小《ちい》さな灰色《はいいろ》をしているものでした。

石舞台《いしぶたい》の反対側《はんたいがわ》で、

「きゃあ！　いやだぁ！　気持《きも》ち悪《わる》い小《ちい》さなネズミがアスランの体《からだ》じゅうをはいまわっているわ。あっちへ行《い》け、こら」

と、スーザンが、手《て》をあげて追《お》いはらおうとしました。

「待《ま》って！」

じっと見《み》ていたルーシーが言《い》いました。

「ネズミたちがなにしてるか、わかる？」

ふたりの女《おんな》の子《こ》は、身《み》をかがめて見《み》つめました。

「ええ」と、スーザン。「でも、へんね！　なわを食《く》いちぎってるなんて！」

「やっぱり」と、ルーシー。「味方《みかた》のネズミさんなんだよ。かわいそうに。アスランが死《し》んだってわからないんだね。なわをほどいてあげたほうがいいって思《おも》ってるのね。」

もう、ずいぶん明《あか》るくなってきていました。

ふたりの女《おんな》の子《こ》は、どちらもはじめて、おたがいの白《しろ》い顔《かお》に気《き》づきました。ネズミがなわをかじっているのも見《み》えました。何十匹《なんじっぴき》、いや何百匹《なんびゃっぴき》という野《の》ネズミです。そして、一本《ぽん》、また一本《ぽん》と、なわはとうとう、すっかりかじり切《き》られました。

東《ひがし》の空《そら》が白《しら》んで、星々《ほしぼし》がかすんでいきました――東《ひがし》の水平線《すいへいせん》のすぐ上《うえ》に低《ひく》くかかった特別大《とくべつおお》きな星《ほし》だけが、かがやいていました。明《あ》けの明星《みょうじょう》です。夜《よる》じゅう寒《さむ》かったけれど、さらにぐっと冷《ひ》えこんできました。ネズミたちは、ちょろちょろと走《はし》り去《さ》っていきました。

女《おんな》の子《こ》たちは、かみ切《き》られたなわののこりをかたづけました。なわが取《と》れたアスランは、いつものアスランらしく見《み》えました。刻一刻《こくいっこく》と明《あか》るさが増《ま》して、はっきりと見《み》えるようになればなるほど、その死《し》んだ顔《かお》は、より気高《けだか》く見《み》えました。

裏《うら》の森《もり》で、小鳥《ことり》がクックッと鳴《な》きました。何時間《なんじかん》も何時間《なんじかん》も静《しず》かだったので、ふたりはびくっとしました。すると、別《べつ》の鳥《とり》がそれにこたえました。やがて、いたるところで鳥《とり》たちが鳴《な》きだしました。

もう、すっかり夜《よ》が明《あ》けて、早朝《そうちょう》となっていたのでした。

「寒《さむ》い」と、ルーシー。

「私《わたし》もよ。少《すこ》し歩《ある》こうか」と、スーザン。

ふたりは丘《おか》の東《ひがし》のはしまで歩《ある》いて、下《した》を見《み》おろしました。大《おお》きな明《あ》けの明星《みょうじょう》は、ほとんど消《き》えかかっていました。国《くに》じゅうがどんより暗《くら》く見《み》えましたが、遠《とお》くのほう、ナルニアの大地《だいち》の果《は》てにある海《うみ》は、青白《あおじろ》く見《み》えました。しだいに、空《そら》がうっすらと赤《あか》らんできました。

ふたりはあたたまろうとして、死《し》んだアスランと東《ひがし》の峰《みね》のあいだを、いくどとなく行《い》き来《き》しました。そのせいで、まあ、なんと足《あし》がつかれてしまったことでしょう。とうとう、ふたりは歩《あゆ》みをとめて、海《うみ》のほうをながめてたたずみました。そして、ちょうどケア・パラベルの城《しろ》があるのがわかったとき、海《うみ》と空《そら》が出会《であ》う線《せん》に沿《そ》って赤《あか》が黄金色《こがねいろ》に変《か》わっていき、とてもゆっくりと太陽《たいよう》のはしが見《み》えてきました。

その瞬間《しゅんかん》、うしろのほうから大《おお》きな音《おと》が聞《き》こえました――巨人《きょじん》が巨大《きょだい》な皿《さら》を割《わ》ったかのような、耳《みみ》をつんざく、バキッバキッというものすごい音《おと》です。

「いったいなに？」

ルーシーがスーザンの腕《うで》にすがりついて言《い》いました。

「こ、こわくてうしろをむけないわ」と、スーザン。「なにかひどいことが起《お》こっているのよ。」

「やつら、アスランになにかもっとひどいことをしているんだわ」と、ルーシー。

「さ、見《み》るわよ！」

そう言《い》うとルーシーは、スーザンを引《ひ》っぱって、くるりとふりかえりました。

日《ひ》の出《で》によって、なにもかも変《か》わって見《み》えました——あらゆる色合《いろあ》いがちがって見《み》え、かげも消《き》えていたので、しばらくはたいへんなことが起《お》こったのだとわかりませんでした。

やがて、はっと気《き》づきました。石舞台《いしぶたい》が、はしからはしまでまっぷたつに割《わ》れているではありませんか。しかも、アスランの姿《すがた》がありません。

「ええっ！」

ふたりの女《おんな》の子《こ》は、石舞台《いしぶたい》にかけもどりながらさけびました。

「ああ、ひどい。なきがらは、ほうっておいてくれてもよかったのに。」

ルーシーはすすり泣《な》きました。

「だれの仕業《しわざ》？　どういうこと？　魔法《まほう》なの？」

スーザンがさけびました。

「そうだ！」うしろから大声《おおごえ》がしました。「さらなる魔法《まほう》だ。」

ふたりはあたりを見《み》ました。そこには、朝日《あさひ》をあびて、これまで以上《いじょう》に大《おお》きく見《み》えるアスランが、たてがみをゆらして(たてがみは、また生《は》えそろっていたのです)すっくと立《た》っていました。

「あっ、アスラン!」

ふたりともさけんで、うれしいのと同《おな》じくらいこわい気持《きも》ちになって、アスランをじっと見《み》あげました。

「じゃあ、死《し》んだんじゃなかったの、アスラン?」と、ルーシー。

「今《いま》は死《し》んでいない」と、アスラン。

「まさか——まさか——ゆー……?」

スーザンは、ふるえる声《こえ》でたずねました。「ゆうれい」という言葉《ことば》が言《い》えなかったのです。アスランは黄金《おうごん》の頭《あたま》をさげて、スーザンのおでこをなめました。その息《いき》のあたたかさと、アスランの毛特有《けとくゆう》のこってりとした感《かん》じのにおいが、スーザンをつつみこみました。

「ゆうれいに見《み》えるかな?」と、アスラン。

「わあ、本物《ほんもの》だ。本物《ほんもの》だわ! ああ、アスラン!」

ルーシーがさけび、ふたりの女《おんな》の子《こ》はアスランにだきつき、キスをしまくりました。

「でも、どういうことなの?」少《すこ》しおちついてから、スーザンがたずねました。

「つまり、」と、アスラン。「魔女《まじょ》は深遠《しんえん》なる魔法《まほう》を知《し》ってはいたが、魔女《まじょ》の知《し》らないもっと古《ふる》い、もっと深遠《しんえん》な魔法《まほう》があったのだ。魔女《まじょ》が知《し》っていたのは、時《とき》のはじまりまでだ。ところが、もっと先《さき》までさかのぼって、時《とき》がはじまるより以前《いぜん》の静《しず》けさと暗《くら》さまで見《み》とおすことができたとしたら、そこにちがった魔法《まほう》が読《よ》みとれたはずだ。うらぎりをしたことがない者《もの》が自《みずか》ら進《すす》んで犠牲《ぎせい》となり、うらぎりもののかわりに死《し》ねば、石舞台《いしぶたい》は割《わ》れ、死《し》それ自体《じたい》がくつがえされるということがわかっただろう。さあ、これで──」

「すてき。これで、なあに?」ルーシーはとびあがって、手《て》をたたきながら言《い》いました。

「ああ、子《こ》どもたち」と、アスラン。「力《ちから》がもどってきているのを感《かん》じるんだ。さあ、子《こ》どもたち、つかまえられるなら、私《わたし》をつかまえてごらん。」

アスランは、ほんのしばらく、とても明《あか》るい目《め》をして、手足《てあし》をふるわせ、しっぽを体《からだ》に打《う》ちつけるようにふりながら立《た》っていましたが、とつぜんふたりの頭《あたま》の上《うえ》を高《たか》くとびこえ、石舞台《いしぶたい》の反《はん》対側《たいがわ》に着地《ちゃくち》しました。ルーシーはわけもわからず笑《わら》いながら、石舞台《いしぶたい》によじのぼってアスランをつかまえようとしました。アスランはふたたびジャンプしました。

ものすごい追《お》いかけっこがはじまりました。アスランはふたりに追《お》いかけられて、ぐるぐると丘《おか》の上《うえ》を走《はし》りまわり、うんと引《ひ》きはなしたかと思《おも》えば、もう少《すこ》しでしっぽにさわれそうなところで身《み》をかわしたり、ふたりのあいだをすりぬけたり、大《おお》きくて美《うつく》しくベルベットのようにやわらかい前足《まえあし》でふたりを空中《くうちゅう》に放《ほう》り投《な》げては受《う》けとめたりしました。そして、いきなり立《た》ちどまるものだから、みんないっしょにもんどりうって、毛《け》や腕《うで》やあしがごちゃまぜになって、楽《たの》しく大笑《おおわら》いしました。

ナルニア以外《いがい》ではだれも経験《けいけん》したことのないようなおふざけでした。アスランと遊《あそ》ぶのは、かみなりと遊《あそ》ぶ感《かん》じに近《ちか》いのか、小《ちい》さな子《こ》ネコと遊《あそ》ぶ感《かん》じに近《ちか》いのか、ルーシーにはわかりませんでした。おかしかったのは、とうとうみんなが息《いき》を切《き》らしながらいっしょに横《よこ》になって日光《にっこう》をあびていると、ふたりの女《おんな》の子《こ》にはもう、つかれたとか、おなかがすいたとか、のどがかわいたとか、ちっとも感《かん》じられなくなっていたということです。

「さて。」やがてアスランが言《い》いました。「仕事《しごと》にもどろう。私《わたし》は、ほえたい気分《きぶん》だ。きみたちは、指《ゆび》で耳《みみ》をふさいでいたほうがよかろう。」

ふたりは言《い》われたとおりにしました。アスランは立《た》ちあがって、ほえるために口《くち》をあけると、その顔《かお》はあまりにおそろしくなったので、ふたりには見《み》ていられませんでした。ふたりが見《み》たのは、アスランの前《まえ》にあった木々《きぎ》が、牧場《ぼくじょう》の草《くさ》が風《かぜ》になびくように、ほえ声《ごえ》のいきおいでしなったことでした。

ほえおわってから、アスランが言《い》いました。

「これから長《なが》い旅《たび》になる。私《わたし》に乗《の》りなさい。」

アスランがうずくまってくれたので、女《おんな》の子《こ》たちは、アスランのあたたかい金色《きんいろ》の背中《せなか》にのぼり、スーザンが前《まえ》になってそのたてがみにしっかりしがみつき、ルーシーはうしろでスーザンにしっかりしがみつきました。

アスランが、ぐいっと立《た》ちあがると、ふたりは大波《おおなみ》に乗《の》るように高《たか》く持《も》ちあがりました。それからアスランは、どんな馬《うま》よりも速《はや》く飛《と》び出《だ》して、丘《おか》をくだり、深《ふか》い森《もり》へと入《はい》っていきました。

アスランに乗《の》るなんて、きっとナルニアでふたりに起《お》こった最高《さいこう》にすばらしいことだったでしょう。みなさんは、全速力《ぜんそくりょく》で走《はし》る馬《うま》に乗《の》ったことがありますか？　ちょっと想像《そうぞう》してみてください。パッカパッカという重《おも》たいひづめの音《おと》や、馬《うま》が口《くち》につけている道具《どうぐ》がチャラチャラと鳴《な》る音《おと》のかわりに、ほとんど音《おと》のしない大《おお》きな前足《まえあし》がタッタッと進《すす》むのを想像《そうぞう》してください。そして、馬《うま》の黒《くろ》や灰色《はいいろ》や栗毛《くりげ》の背中《せなか》のかわりに、やわらかくふかふかの黄金《おうごん》の毛並《けな》みと、風《かぜ》でうしろになびくたてがみを想像《そうぞう》してください。それから、最速《さいそく》の競走馬《きょうそうば》の二倍《ばい》ぐらいの速《はや》さで進《すす》んでいると思《おも》ってください。そのうえ、ただ乗《の》っていればよくて、道案内《みちあんない》もいらなければ、つかれることもないのです。

アスランは、どんどんとかけてゆき、足《あし》をふみはずすこともなければ、ためらうこともなく、木《き》の幹《みき》のあいだをみごとにすいすいとぬって進《すす》み、しげみやイバラや小川《おがわ》を飛《と》びこし、大《おお》きな川《かわ》は歩《ある》いてわたり、もっと大《おお》きな川《かわ》は泳《およ》いでいきました。

しかも、進《すす》んでいくのは、道路《どうろ》でも公園《こうえん》でもなく、なだらかな草地《くさち》でもありません。かけぬけていったのは、まさに春《はる》のナルニアでした。おごそかなブナの林《はやし》をぬけ、カシの木《き》に囲《かこ》まれた日当《ひあ》たりのいい空《あ》き地《ち》を横切《よこぎ》り、まっ白《しろ》な桜《さくら》の花《はな》さく野生《やせい》の果樹園《かじゅえん》をぬけ、とどろく滝《たき》をすぎ、コケの生《は》えた岩場《いわば》をすぎ、こだまがひびくほら穴《あな》をすぎ、一面《いちめん》のハリエニシダがかがやく風《かぜ》のふく坂道《さかみち》をのぼり、ヒースの生《お》いしげる山《やま》の肩《かた》をこえ、目《め》のくらむような絶壁《ぜっぺき》に沿《そ》って進《すす》み、それからジャングルのような谷深《たにふか》くへどんどん、どんどん、どんどんおりていって、青《あお》い花々《はなばな》のさく草原《そうげん》のある谷間《たにま》に出《で》ました。

さらに走《はし》りつづけて、陽《ひ》が高《たか》くなったころには、急《きゅう》な斜面《しゃめん》から城《しろ》を見《み》おろすところまで来《き》ていました。

城《しろ》は、みんなのいるところからは、小《ちい》さなおもちゃのように見《み》えました。あちこち、とんがった塔《とう》があるようすをしています。でも、アスランがものすごい速《はや》さでかけおりていったので、刻一刻《こくいっこく》と城《しろ》は大《おお》きくなり、気《き》がついたときには、もう城《しろ》と同《おな》じ高《たか》さまでおりていました。そうなると、城《しろ》はもはや、おもちゃではなく、いかめしく目《め》の前《まえ》にそびえたっていました。城壁《じょうへき》の上《うえ》からこちらを見《み》る者《もの》はなく、門《もん》はぴたりと閉《と》ざされていました。それでも、アスランは、少《すこ》しもスピードを落《お》とすことなく、弾丸《だんがん》のように城《しろ》にまっすぐつっこんでいきました。

「魔女《まじょ》のすみかだ！　さあ、子《こ》どもたち、しっかりつかまっていなさい。」

　つぎの瞬間《しゅんかん》、世界《せかい》じゅうがひっくりかえったようになり、子《こ》どもたちはまるで自分《じぶん》たちの体《からだ》の中身《なかみ》を置《お》いてきてしまったように感《かん》じました。というのも、アスランがこれまでにないほどの大《おお》きなジャンプをするために、一瞬《いっしゅん》身《み》がまえてから、飛《と》びあがったのでした――そう、あたかも空《そら》を飛《と》ぶように――城《しろ》のかべの上《うえ》をひらりと。

　スーザンとルーシーが、息《いき》を切《き》らしながらも、けがひとつなく、アスランの背中《せなか》からどうところがり落《お》ちたのは、石《いし》がしきつめられた大《おお》きな庭《にわ》のまんなかでした。あたりには、像《ぞう》がいっぱい立《た》っていました。

16 石像《せきぞう》に起《お》こったこと

「なんてとこかしら!」ルーシーがさけびました。「この石《いし》の動物《どうぶつ》たち——人《ひと》もいるわ! まるで——まるで博物館《はくぶつかん》みたい。」

「しっ」と、スーザン。「アスランがなにかしてるわ。」

そのとおりでした。アスランは石《いし》のライオンのところへさっと飛《と》んでいくと、息《いき》をふきかけました。それから、少《すこ》しも待《ま》たずに——さながら自分《じぶん》のしっぽを追《お》いかけるネコのように——すばやく動《うご》きまわり、石《いし》のこびとにも息《いき》をふきかけました。

みなさんも覚《おぼ》えているでしょう。ライオンから少《すこ》しはなれたところに、背《せ》をむけて立《た》っていた像《ぞう》です。

つぎにアスランは、こびとのむこうで石《いし》になっている背《せ》の高《たか》い木《き》の精《せい》に飛《と》びかかり、ぱっと横《よこ》をむいて右側《みぎがわ》の石《いし》のウサギに息《いき》をかけ、二頭《とう》の半人半馬《ケンタウロス》のほうへ急《いそ》ぎました。そのとき、ルーシーが言《い》いました。

「ねえ、スーザン！　ほら！　あのライオンを見《み》て。」

　みなさんのなかには、火《ひ》のないだんろに新聞紙《しんぶんし》のきれはしを置《お》いて、マッチで火《ひ》をつけるのを見《み》たことがある人《ひと》もいるでしょう。火《ひ》がついた一瞬《いっしゅん》は、なにも起《お》こっていないように見《み》えるのですが、やがて新聞紙《しんぶんし》のはしに小《ちい》さな炎《ほのお》のすじがすうっと走《はし》ります。

　それと同《おな》じで、アスランが石《いし》のライオンに息《いき》をふきかけたときはなにも変《か》わらないように見《み》えたのですが、やがて小《ちい》さな金色《きんいろ》のすじが白《しろ》い大理石《だいりせき》の背中《せなか》にすうっと走《はし》りはじめ――ぱっとひろがると――ちょうど炎《ほのお》が紙切《かみき》れをなめつくすように、ライオンの体《からだ》じゅうをなめつくして全身《ぜんしん》が金色《きんいろ》になりました。

　そのうちに、うしろ半分《はんぶん》はまだどう見《み》ても石《いし》なのに、そのライオンがたてがみをふると、重《おも》たい石《いし》のひだが波《なみ》のようにゆれて生《い》きた毛《け》となりました。それから、ライオンは、あたたかい息《いき》をする大《おお》きな赤《あか》い口《くち》をあけ、ものすごいのびをしました。このころには、うしろ足《あし》も生《い》きかえっていて、ライオンは片方《かたほう》のうしろ足《あし》をあげて体《からだ》をかきました。そうして、アスランに目《め》をとめると、走《はし》って追《お》いかけ、そのまわりでじゃれつき、うれしがって鼻《はな》を鳴《な》らし、とびあがってアスランの顔《かお》をなめました。

　もちろん、女《おんな》の子《こ》たちの目《め》は、そのライオンをじっと追《お》っていました。でも、あたりの光景《こうけい》があまりにすばらしかったので、やがてそのライオンのことも忘《わす》れてしまいました。あちこちで像《ぞう》が生《い》きかえっていたのです。

中庭《なかにわ》は、もはや博物館《はくぶつかん》のようではありませんでした。むしろ動物園《どうぶつえん》のようでした。動物《どうぶつ》たちがアスランのあとを追《お》いかけ、まわりを取《と》りかこんでおどりまわるので、アスランが見《み》えなくなるほどでした。あの死《し》んだような白《しろ》さのかわりに、中庭《なかにわ》には燃《も》え立《た》つような色《いろ》がたくさんありました。半人半馬《ケンタウロス》のおなかのぴかぴかした栗色《くりいろ》、一角獣《ユニコーン》の角《つの》の藍色《あいいろ》、鳥《とり》たちの羽《はね》の目《め》のくらむような極《ごく》彩色《さいしき》、キツネや犬《いぬ》やサテュロスの赤茶色《あかちゃいろ》、こびとのくつ下《した》の黄色《きいろ》とぼうしのまっ赤《か》。カバノキの木《き》の精《せい》は銀色《ぎんいろ》でしたし、ブナの木《き》の精《せい》はあざやかな、すきとおるような緑色《みどりいろ》で、カラマツの精《せい》は明《あか》るすぎて黄色《きいろ》にも見《み》える緑色《みどりいろ》をしていました。

そして、死《し》んだような沈黙《ちんもく》のかわりに、中庭《なかにわ》じゅうに、しあわせそうな、メーメー、キャンキャン、ワンワン、キーキー、クークー、ヒヒーンといった鳴《な》き声《ごえ》がこだましており、足《あし》をふみならしたり、さけんだり、歓声《かんせい》をあげたり、歌《うた》ったり笑《わら》ったりで、たいへんなさわぎとなりました。

「あらら。」スーザンの声色《こわいろ》が変《か》わりました。「見《み》て！　あれって──だいじょうぶかしら？」

ルーシーがそちらのほうを見《み》ると、アスランが、ちょうど石《いし》の巨人《きょじん》の足《あし》もとに息《いき》をふきかけているところでした。

「だいじょうぶだよ！」アスランが楽《たの》しそうに言《い》いました。「足《あし》がもとにもどれば、そのほかもすっかりもどるさ。」

「そういうことを言《い》ったんじゃないんだけど」と、スーザンはルーシーに耳打《みみう》ちしました。

でも、アスランがスーザンの言《い》うことを聞《き》いたとしても、もう今《いま》となっては手《て》おくれでした。巨人《きょじん》の足《あし》からどんどん変化《へんか》が上《うえ》のほうにつたわっていました。今《いま》はもう、巨人《きょじん》は足《あし》を動《うご》かしています。一分後《ぷんご》、肩《かた》からこん棒《ぼう》をおろして、目《め》をこすって言《い》いました。

「なんてこった！　ねむっちまったらしい。さあて。地面《じめん》をちょろちょろ走《はし》り回《まわ》っていた、あの

いまいましい小《ちい》さな魔女《まじょ》はどこだ。足《あし》もとにいたんだが。」

でも、本当《ほんとう》はなにが起《お》こったのかをみんなが下《した》からさけんで教《おし》えてあげると、巨人《きょじん》は耳《みみ》に手《て》を当《あ》ててもう一度《いちど》聞《き》き直《なお》して理解《りかい》し、アスランに深々《ふかぶか》と頭《あたま》をさげました。あまり低《ひく》くさげるものだから、頭《あたま》が干《ほ》し草《くさ》の山《やま》につきそうなぐらいでした。そして巨人《きょじん》は、何度《なんど》もぼうしに手《て》をやって、その正直《しょうじき》そうな、ごつい顔《かお》いっぱいに笑《え》みをうかべました。（巨人《きょじん》というのは、今《いま》ではあまり見《み》かけませんし、きげんのよい巨人《きょじん》というのはかなりめずらしいので、みなさんはきっと満面《まんめん》の笑《え》みをうかべた巨人《きょじん》なんて見《み》たことがないでしょう。一見《いっけん》の価値《かち》ありです。）

「さあ、館《やかた》のなかに入《はい》るぞ！」と、アスラン。「しっかりやれよ、みんな。♪二階《かい》も一階《かい》も♪奥方《がた》さまの部屋《へや》も♪だ！」

アスランはみんなの知《し》っているわらべ歌《うた》の一節《いっせつ》を歌《うた》いました。

「すみずみまで調《しら》べろ。どこにかわいそうな囚《とら》われ人《びと》がかくされているか、わかったものではない。」

そうしてみんなは、どっとなかに押《お》し入《い》って、数分間《すうふんかん》は、あの暗《くら》くて、ひどい、息《いき》のつまるような古《ふる》い城《しろ》じゅうに、窓《まど》があく音《おと》や、みんながおたがいに呼《よ》びあう声《こえ》がこだましました。

「地下牢《ちかろう》を忘《わす》れるな──このドアをあけるのに手《て》を貸《か》してくれ！──ここにも小《ちい》さならせん階段《かいだん》があるぞ──おっと！　ここにかわいそうなカンガルーがいる。アスランを呼《よ》べ──ふぅー！

ここはなんてにおいだ――落《お》とし戸《ど》に気《き》をつけろ――ここだ！　この階段《かいだん》のおどり場《ば》にまたどっさりいるぞ！」

しかし、なによりすばらしかったのは、ルーシーがさけびながら二階《かい》にかけあがってきたときです。

「アスラン！　アスラン！　タムナスさんを見《み》つけたわ。ねえ、すぐに来《き》て。」

一分後《ぷんご》、ルーシーと小《ちい》さなフォーンは、おたがいの両手《りょうて》を取《と》りあって大《おお》よろこびでぐるぐるとおどりまわりました。この小《ちい》さなフォーンは、像《ぞう》になっていたからといって少《すこ》しも弱《よわ》っておらず、もちろんルーシーの話《はなし》を夢中《むちゅう》で聞《き》きました。

でも、とうとう、魔女《まじょ》の城《しろ》の家捜《やさが》しはおわりました。城《しろ》じゅう、がらんとして、すべてのドアや窓《まど》があけはなたれ、光《ひかり》とかぐわしい春《はる》の空気《くうき》が、それをひどく必要《ひつよう》としていた暗《くら》くまがまがしい場所《ばしょ》にあふれるように流《なが》れこみました。像《ぞう》だったのが動《うご》けるようになった者《もの》たちの集団《しゅうだん》は、また中庭《なかにわ》にもどってきました。そのときです、だれか（タムナスさんだと思《おも》います）がこう言《い》ったのは――

「でも、どうやって出《で》るの？」

というのも、アスランは城壁《じょうへき》を飛《と》びこえて入《はい》ってきたので、門《もん》にはまだ、かぎがかかっていたからです。

「だいじょうぶだ」

と、アスランは言《い》いました。そして、うしろ足《あし》で立《た》ちあがると、さっきの巨人《きょじん》に大声《おおごえ》でほえました。

「おおい！　そこの背《せ》の高《たか》いきみ。きみの名前《なまえ》は？」

「ジャイアント・ゴロゴロバフィンと申《もう》します、閣下《かっか》。」

巨人《きょじん》は、もう一度《いちど》ぼうしに手《て》をあてて言《い》いました。

「では、ジャイアント・ゴロゴロバフィンくん」と、アスラン。「ここからわれわれを出《だ》してくれるかな？」

「おやすいごようでさ、閣下《かっか》」と、ジャイアント・ゴロゴロバフィンは言《い》いました。「門《もん》からずっとさがっててくださいよ、ちっこいみなさん。」

それから、巨人《きょじん》は門《もん》のところへのっしのっしと歩《ある》いていって――バン――バン――バン――と大《おお》きなこん棒《ぼう》をふりおろしました。

門《もん》は最初《さいしょ》の一撃《いちげき》できしみ、二度《ど》めで割《わ》れて、三度《ど》めでばらばらになりました。

つぎに、巨人《きょじん》が左右《さゆう》の塔《とう》にしがみついて、しばらくバシン、ドスンとやるうちに、左右《さゆう》の塔《とう》も、それにつづく両側《りょうがわ》の城壁《じょうへき》のかなりの部分《ぶぶん》も、ガラガラガッシャーンとくずれて、こなごなのがれきの山《やま》になってしまいました。

砂《すな》ぼこりがおさまってから、がれきだらけのそっけない石《いし》の中庭《なかにわ》に立《た》って、門《もん》の割《わ》れめから、外《そと》のすがすがしい景色《けしき》が見《み》えたのはなんだかへんな感《かん》じでした。門《もん》の外《そと》には、草原《そうげん》、風《かぜ》にそよぐ木々《きぎ》、きらきら流《なが》れる森《もり》の小川《おがわ》があって、そのむこうに青《あお》い山《やま》がつづき、さらにそのむこうに大《おお》空《ぞら》がひろがっていました。

「うへえ、なんてひでえ汗《あせ》だ。運動不足《うんどうぶそく》のせいだ。若《わか》いご婦人《ふじん》のどなたか、ハンカチをお持《も》ちじゃないかな？」

巨人《きょじん》は、世界一大《せかいいちおお》きな汽車《きしゃ》のようにシュポーと息《いき》をはき出《だ》しながら言《い》いました。

「ええ、持《も》ってるわ。」

ルーシーは、つま先立《さきだ》って、できるだけ高《たか》くハンカチをかかげました。

「ありがとう、おじょうちゃん。」

ジャイアント・ゴロゴロバフィンは身《み》をかがめました。つぎの瞬間《しゅんかん》、ルーシーは巨人《きょじん》の人《ひと》さし指《ゆび》と親指《おやゆび》でつままれて空中《くうちゅう》に持《も》ちあげられたので、かなりこわい思《おも》いをしました。でも、ルーシーが巨人《きょじん》の顔《かお》に近《ちか》づくと、巨人《きょじん》はふいにびくっとして、ルーシーをそっと地面《じめん》にもどしてつぶやきました。

「なんてこった！　おじょうちゃんのほうをつまんじまった。ごめんよぉ、おじょうちゃん、あんたをハンカチとまちがえたよ！」

「いえ、いえ。」ルーシーは笑《わら》いながら言《い》いました。

「はい、どうぞ！」

こんどこそ巨人《きょじん》はハンカチを受《う》けとることができましたが、それはちょうど、みなさんにとっての豆《まめ》つぶぐらいの大《おお》きさしかなかったので、巨人《きょじん》がまじめくさって大《おお》きな赤《あか》ら顔《がお》をそれでごしごしふいているのを見《み》てルーシーは言《い》いました。

「そんなのじゃ、あまりお役《やく》に立《た》たなかったわね、ゴロゴロバフィンさん。」

「いえいえ、とんでものうございます。」巨人《きょじん》は礼儀正《れいぎただ》しく言《い》いました。「こんなすてきなハンカチにお目《め》にかかったことはございません。とてもきれいで、とても便利《べんり》で、とても——なんと申《もう》したらよいか、わかりませんが。」

「なんてすてきな巨人《きょじん》さんかしら！」

ルーシーは、タムナスさんに言《い》いました。

「ええ、そうですとも」と、フォーン。「バフィン族《ぞく》は、むかしからすてきなんですよ。ナルニアの巨人族《きょじんぞく》のなかで、いちばんりっぱな家柄《いえがら》です。あまりかしこくはないかもしれませんがね

(かしこい巨人《きょじん》には会《あ》ったことがありませんよ)、でも古《ふる》い家柄《いえがら》です。伝統《でんとう》があるんです。別《べつ》の巨《きょ》人《じん》なら、魔女《まじょ》が石《いし》にしたりしなかったでしょう。」

このとき、アスランが両《りょう》の前足《まえあし》を打《う》って、静粛《せいしゅく》を求《もと》めました。

「今日《きょう》の仕事《しごと》はまだおわっていない」と、アスラン。「寝《ね》る前《まえ》にいよいよ魔女《まじょ》をやっつけてしまうなら、ピーターたちが戦《たたか》っている場所《ばしょ》をただちに見《み》つけなければならない。」

「われわれも戦《いくさ》に参加《さんか》するのだな!」いちばん大《おお》きな半人半馬《ケンタウロス》が言《い》いました。

「もちろん」と、アスラン。「それも今《いま》すぐにだ! 足《あし》のおそい者《もの》——すなわち、子《こ》どもたち、こびと、小動物《しょうどうぶつ》——は、足《あし》の速《はや》い者《もの》——すなわち、ライオン、ケンタウロス、一角獣《ユニコーン》、馬《うま》、巨人《きょじん》、ワシ——の背中《せなか》に乗《の》るのだ。鼻《はな》のきく者《もの》は、われわれライオンとともに先頭《せんとう》に立《た》ち、戦《いくさ》の場所《ばしょ》をかぎあててくれ。しっかりやれ、隊《たい》に分《わ》かれるのだ。」

一同《いちどう》は歓声《かんせい》をあげ、大《おお》さわぎしながら隊《たい》に分《わ》かれました。いちばんはしゃいでいたのは、もう一頭《とう》のライオンでした。いそがしいふりをしながらあちこちかけまわっていましたが、それというのも、会《あ》う者《もの》みんなにこう言《い》いたいがためでした。

「ねえ、聞《き》いた? われわれライオンって言《い》ってたよ。つまり、アスランとぼくのことだ。われわれライオンだってさ。これだから、アスランって好《す》きなんだよ。えこひいきもしなければ、よそよそしくもしない。われわれライオンだってさ。つまり、アスランとぼくのことだよ。」

そんなことを言《い》いつづけたものですから、とうとうアスランはこのライオンにこびと三人《にん》、木《き》の精《せい》ひとり、ウサギ二匹《ひき》にハリネズミ一匹《ぴき》を乗《の》せました。それでようやく、このライオンもさほどうるさくなくなったのです。

すべての準備《じゅんび》ができると（動物《どうぶつ》たちをちゃんとした順番《じゅんばん》にならばせるために、本当《ほんとう》にアスランの役《やく》に立《た》ったのは大《おお》きな牧羊犬《ぼくようけん》でした）、みんなは城《しろ》のかべの割《わ》れめから出発《しゅっぱつ》しました。最初《さいしょ》はアスランともう一頭《とう》のライオンと犬《いぬ》たちがクンクンとかぎまわりながら進《すす》みましたが、とつぜん、大《おお》きな犬《いぬ》がにおいをかぎつけ、見《み》つけたぞとほえました。

そうなると、あっというまでした。すぐに犬《いぬ》、ライオン、オオカミ、その他《た》の狩《か》りをする動物《どうぶつ》たちみんなも、地面《じめん》に鼻《はな》をつけながら全速力《ぜんそくりょく》で進《すす》みました。そのうしろ八百メートルほどにわたってひろがっていたそのほかの者《もの》たちも、できるだけ急《いそ》いであとを追《お》いました。

まるでイングランドのキツネ狩《が》りのようなけたたましさでしたが、ときどき、獲物《えもの》を見《み》つけた犬《いぬ》たちのほえ声《ごえ》のほかに、もう一頭《とう》のライオンのほえ声《ごえ》や、ときにはアスラン自身《じしん》のもっと深《ふか》くてもっとおそろしいほえ声《ごえ》も加《くわ》わりましたから、キツネ狩《が》りよりも大音響《だいおんきょう》でした。

においが近《ちか》くなればなるほど、みんな、どんどん速《はや》くなりました。そうして、せまくて曲《ま》がりくねった谷《たに》の最後《さいご》のカーブまで来《き》たとき、ルーシーはこうした騒音《そうおん》のなかに別《べつ》の音《おと》を聞《き》きました。その音《おと》を聞《き》くと、ルーシーはなんだか気分《きぶん》が悪《わる》くなりました。それは、どなる声《こえ》、悲鳴《ひめい》、それに金属同士《きんぞくどうし》がぶつかる音《おと》でした。

せまい谷《たに》からみんなが出《で》てきたところですぐに、その理由《りゆう》がわかりました。ピーターとエドマンドが、アスランの味方《みかた》の軍《ぐん》とともに、昨晩《さくばん》ルーシーが目《め》にしたおそろしい大《おお》ぜいの生《い》き物《もの》たちと必死《ひっし》で戦《たたか》っていたのです。

昼間《ひるま》の光《ひかり》のなかで見《み》ると、化《ば》け物《もの》どもは、いっそう気味《きみ》悪《わる》く、なおさら邪悪《じゃあく》で、ますますみにくく見《み》えました。それに、昨晩《さくばん》よりもずっと多《おお》いようです。ピーターの軍《ぐん》は——ルーシーに背《せ》をむけていましたが——おそろしく少《すく》ないように見《み》えました。しかも、戦場《せんじょう》のあちらこちらに像《ぞう》が点々《てんてん》とありましたから、魔女《まじょ》が魔法《まほう》の杖《つえ》を使《つか》ったにちがいありません。でも、今《いま》は使《つか》っていないようです。魔女《まじょ》は、あの石《いし》のナイフで戦《たたか》っているのです。

魔女《まじょ》の相手《あいて》は、ピーターでした。ふたりとも必死《ひっし》で戦《たたか》っているので、いったいなにがどうなっているのか、ルーシーにはよくわかりませんでした。石《いし》のナイフとピーターの剣《けん》があまりにもすばやくきらめき、ナイフが三本《ぼん》、剣《けん》が三本《ぼん》あるように見《み》えたのです。

このふたりが戦場《せんじょう》のまんなかにいて、両側《りょうがわ》にずうっと戦線《せんせん》がひろがっていました。どこを見《み》ても、おぞましいことが起《お》こっていました。

「私《わたし》の背中《せなか》からおりなさい、子《こ》どもたち」

と、アスランがさけびました。スーザンとルーシーは、ころがるようにしておりました。

するとと、ひと声《こえ》、西《にし》の街灯《がいとう》から東《ひがし》の海辺《うみべ》まで、ナルニアじゅうをゆるがす雄叫《おたけ》びをあげて、この偉大《いだい》なるけものは、白《しろ》の魔女《まじょ》に飛《と》びかかりました。

そのときルーシーは見《み》ました――魔女《まじょ》が一瞬《いっしゅん》、アスランのほうへ顔《かお》をあげ、恐怖《きょうふ》とおどろきの表情《ひょうじょう》をうかべたのを。

それからアスランと魔女《まじょ》は組《く》みあったままたおれましたが、魔女《まじょ》が下《した》になっていました。それと同時《どうじ》に、アスランが魔女《まじょ》の城《しろ》からつれてきた勇《いさ》ましい動物《どうぶつ》たちが、いっせいに敵《てき》にむかってしゃにむに突撃《とつげき》をかけました。こびとたちは戦用《いくさよう》のおのをふるい、犬《いぬ》たちは牙《きば》をむき、巨人《きょじん》はこん棒《ぼう》をふり回《まわ》し(しかも、その足《あし》で何十人《なんじゅうにん》という敵《てき》をふみつぶしました)、一角獣《ユニコーン》はその角《つの》で、半人半馬《ケンタウロス》は剣《けん》とひづめで戦《たたか》いました。

先《さき》に戦《たたか》ってつかれていたピーターの軍隊《ぐんたい》は歓声《かんせい》をあげ、新《あら》たにやってきた者《もの》たちはときの声《こえ》をあげ、敵《てき》どもはきゃあと悲鳴《ひめい》をあげて、わけのわからぬことを口走《くちばし》り、森《もり》には戦《たたか》いの音《おと》がひびきわたりました。

17 白《しろ》ジカ狩《が》り

戦《たたか》いは、アスランたちが到着《とうちゃく》して数分後《すうふんご》にはおわっていました。

敵《てき》のほとんどは、アスランとその仲間《なかま》たちの最初《さいしょ》の突撃《とつげき》でたおされ、命《いのち》を取《と》りとめた連中《れんちゅう》は、魔女《まじょ》が死《し》んだのを見《み》ると、降参《こうさん》するか、にげ出《だ》すかしました。

ルーシーが気《き》づいてみると、ピーターとアスランが、もう、あくしゅをしていました。ピーターのようすがすっかり変《か》わっているのが、ルーシーにはふしぎに思《おも》えました。その顔《かお》は青《あお》ざめて、きびしく、急《きゅう》に年《とし》をとったように見《み》えました。

「エドマンドのおかげです、アスラン。」

ピーターは言《い》っていました。

「エドマンドがいなければ、やられていたと思《おも》います。魔女《まじょ》は、ぼくらの仲間《なかま》の戦士《せんし》たちを、つぎつぎに石《いし》に変《か》えていたのに、エドマンドはひるみませんでした。三人《にん》の人食《ひとく》い鬼《おに》をたおし、魔女《まじょ》があなたのお付《つ》きのヒョウの一頭《とう》をちょうど像《ぞう》に変《か》えているところへかけつけました。魔女《まじょ》のところに着《つ》いたとき、エドマンドは、ほかの者《もの》たちのようにいきなり魔女《まじょ》にかかっていってむなしく像《ぞう》にされてしまうようなことをせず、頭《あたま》をはたらかせて、剣《けん》を魔法《まほう》の杖《つえ》にふりおろして、こなごなにしたのです。いったん魔法《まほう》の杖《つえ》がこわれると、こちらに勝《か》ちめが出《で》てきました――もうすでに、かなりやられてはいましたが。エドマンドはひどい傷《きず》を負《お》っています。手当《てあ》てをしに行《い》きましょう。」

みんなは、戦場《せんじょう》から少《すこ》しはなれたところで、ビーバー夫人《ふじん》の手当《てあ》てを受《う》けているエドマンドを見《み》つけました。血《ち》まみれで、はあはあと口《くち》をあけていて、その顔《かお》はひどい土気色《つちけいろ》をしていました。

「急《いそ》ぐのだ、ルーシー」と、アスラン。

そのとき、ルーシーはクリスマスプレゼントにもらったあの貴重《きちょう》な薬《くすり》のことをようやく思《おも》い出《だ》しました。

ルーシーの両手《りょうて》はふるえてしまってなかなかふたをあ

けられませんでしたが、ついになんとかあけて、お兄《にい》さんの口《くち》にぽたりぽたりと薬《くすり》をそそぎました。

ルーシーがまだじっとエドマンドの青白《あおじろ》い顔《かお》をのぞきこんで薬《くすり》の効果《こうか》があるのかなと思《おも》っていると、

「ほかにも傷《きず》ついているひとたちがいる」

と、アスランが言《い》いました。

「ええ、そうね。でも、ちょっと待《ま》って。」

ルーシーは、むっとして言《い》いました。

「イブのむすめよ。ほかの者《もの》たちも死《し》にかけているのだ。エドマンドのせいで、死者《ししゃ》が増《ふ》えてよいのか？」

アスランは、いつもより重々《おもおも》しい声《こえ》で言《い》いました。

「ごめんなさい、アスラン。」

ルーシーは、立《た》ちあがってアスランとともに行《い》きました。

それから三十分《さんじっぷん》は大《おお》いそがしでした——ルーシーがけが人《にん》の世話《せわ》をしているあいだに、アスランは石《いし》になってしまった者《もの》たちをもとにもどしたのです。

ついにエドマンドのところにもどってこられるようになったときには、エドマンドは自分《じぶん》の足《あし》で立《た》ちあがって、傷《きず》がなおっているばかりか、さっきより――いえ、もうずっとむかしから、そもそもひどい学校生活《がっこうせいかつ》がはじまってエドマンドがおかしくなって以来《いらい》、こんなエドマンドを見《み》たことがないというくらい元気《げんき》そうでした。

じつのところ、魔女《まじょ》から悪《わる》いことを教《おそ》わっておかしなことになってしまう以前《いぜん》の、よい顔《かお》になっていました。もとの本当《ほんとう》のエドマンドにもどり、人《ひと》の顔《かお》をまともに見《み》ることができるようになっていたのです。戦《たたか》いがくりひろげられたその場所《ばしょ》で、アスランは、エドマンドを騎士《きし》にする儀《ぎ》式《しき》をおこないました。

ルーシーはスーザンにささやきました。

「エドは知《し》ってるの？　アスランがエドのために、なにをしたか？　魔女《まじょ》との取《と》り決《き》めが、本当《ほんとう》はなんだったか？」

「しー！　いいえ。もちろん知《し》らないわ」と、スーザン。

「教《おし》えてあげたほうがいいんじゃない？」と、ルーシー。

「そんなことないわ。エドには、つらすぎるでしょう。あなた、エドの身《み》になって考《かんが》えてごらんなさい。」

「でも、知《し》っておくべきだと思《おも》うな」

と、ルーシーは言《い》いました。でも、そのとき、じゃまが入《はい》り、この話《はなし》はそれきりになりました。

その晩《ばん》は、そのまま外《そと》で寝《ね》ました。どうやってアスランがみんなに食事《しょくじ》を用意《ようい》してくれたのかわかりません。でも、どうにかこうにか、みんなは夜《よる》八時《じ》ごろ、草《くさ》にこしをおろして、すてきな紅《こう》茶《ちゃ》と軽食《けいしょく》をいただくことができたのです。あくる日《ひ》、一同《いちどう》は、大《おお》きな川《かわ》に沿《そ》って東《ひがし》へ行進《こうしん》をはじめました。そして、そのつぎの日《ひ》には、夕方《ゆうがた》の軽食《けいしょく》の時間《じかん》ごろに、ついに河口《かこう》に着《つ》いたのでした。

ケア・パラベルの城《しろ》が小《ちい》さな丘《おか》の上《うえ》に高《たか》くそびえていました。目《め》の前《まえ》には砂浜《すなはま》がひろがり、岩《いわ》や、潮《しお》だまりや、海藻《かいそう》があり、海《うみ》のにおいがして、どこまでもつづいていく浜辺《はまべ》に、青緑《あおみどり》の波《なみ》がいつまでも寄《よ》せてはくだけていました。そして、ほら、カモメの鳴《な》き声《ごえ》がします！　みなさん、カモメの声《こえ》を聞《き》いたことがありますか？　聞《き》いたことがある人《ひと》は思《おも》い出《だ》してみてください。

その晩《ばん》、夕食後《ゆうしょくご》、四人《にん》の子《こ》どもたちはみんなふたたび浜辺《はまべ》へ出《で》てきて、くつやくつ下《した》をぬいで、足《あし》の指《ゆび》のあいだで砂《すな》を感《かん》じました。でもつぎの日《ひ》は、もっとおごそかでした。というのも、ケア・パラベルの大広間《おおひろま》で――すばらしい広間《ひろま》で、屋根《やね》は象牙《ぞうげ》、西《にし》のかべにはクジャクの羽根《はね》がかかっており、東《ひがし》のドアは海《うみ》に面《めん》していました――そこに味方《みかた》の者《もの》がずらりとならぶなか、ラッパ

のひびきに合《あ》わせて、アスランがおごそかに四人《にん》に冠《かんむり》をさずけたからです。

四人《にん》がアスランにみちびかれて四つの玉座《ぎょくざ》にすわると、

「王《おう》ピーターばんざい！ 女王《じょおう》スーザンばんざい！ 王《おう》エドマンドばんざい！ 女王《じょおう》ルーシーばんざい！」

という、耳《みみ》をつんざくようなよろこびの声《こえ》があがりました。

「いったんナルニアの王《おう》や女王《じょおう》となったら、つねに王《おう》であり、女王《じょおう》だ。しっかりたのむぞ、アダムのむすこたち！ しっかりたのむぞ、イブのむすめたち！」

と、アスランは言《い》いました。

すると、あけはなたれていた東《ひがし》のドアから、岸近《きしちか》くまで泳《およ》いできた男女《だんじょ》の人魚《にんぎょ》たちの声《こえ》がして、新《あたら》しい王《おう》や女王《じょおう》たちのために歌《うた》を歌《うた》ってくれました。

こうして、子《こ》どもたちは玉座《ぎょくざ》にすわり、笏杖《しゃくじょう》を手《て》にして、味方全員《みかたぜんいん》にほうびを取《と》らせ、栄誉《えいよ》をさずけました。そのなかには、フォーンのタムナス、ビーバー夫妻《ふさい》、ジャイアント・ゴロゴロバフィン、ヒョウたち、よい半人半馬《ケンタウロス》たち、よいこびとたち、そして例《れい》のライオンもおりました。

その夜《よる》、ケア・パラベルでは大宴会《だいえんかい》となり、飲《の》めや歌《うた》えのお祭《まつ》りさわぎで、金色《きんいろ》がきらめき、ワインが流《なが》れ、城《しろ》じゅうの音楽《おんがく》にこたえて、聞《き》いたこともないような、心《こころ》をゆさぶる、あまい音《おん》楽《がく》を、海《うみ》に住《す》む人《ひと》たちが奏《かな》でました。

ところが、こうしたよろこびの最中《さいちゅう》に、アスランだけがそっと立《た》ち去《さ》っていきました。アスランがいないと気《き》づいたとき、王《おう》たちと女王《じょおう》たちは、なにも言《い》いませんでした。というのも、ビーバーさんが、こう忠告《ちゅうこく》していたからです。「アスランはあらわれたり、消《き》えたりするものです」と。「ある日《ひ》アスランに会《あ》えても、つぎの日《ひ》には会《あ》えなくなります。しばられるのがいやなんですね――もちろん、よその国《くに》のめんどうも、みてやらなければなりませんしね。だいじょうぶです。何度《なんど》でも来《き》てくれますよ。ただ、むり強《じ》いしてはなりません。アスランは野生《やせい》なのですから。人《ひと》に飼《か》われるようなライオンではないのです。」

そしてようやく、みなさんにもおわかりのように、このお話《はなし》はほとんど（すっかりではありませんが）おしまいまできました。ふたりの王《おう》さまとふたりの女王《じょおう》さまは、じょうずにナルニアをおさめ、その治世《ちせい》は長《なが》くしあわせにつづきました。

最初《さいしょ》のうちは、白《しろ》の魔女《まじょ》の残党《ざんとう》をさがし出《だ》して、やっつけることで大《おお》いそがしでした。実際《じっさい》、長《なが》いこと、森《もり》のおくに敵《てき》がひそんでいるという知《し》らせが絶《た》えなかったのです。こちらでお化《ば》けが出《で》た、あちらでだれか殺《ころ》されたとさわぎがあり、ある月《つき》にはオオカミ人間《にんげん》が目撃《もくげき》され、つぎの月《つき》には鬼婆《おにばば》のうわさがあるといった具合《ぐあい》でした。でも、ついには、そうしたいまいましい連中《れんちゅう》は根《ね》だやしにされました。

そして、王《おう》たちと女王《じょおう》たちは、よい法律《ほうりつ》をつくり、平和《へいわ》をたもち、善良《ぜんりょう》な木々《きぎ》が不必要《ふひつよう》に切《き》られないようにし、幼《おさな》いこびとや幼《おさな》いサテュロスはむりに学校《がっこう》に行《い》かなくてもよいようにしてやり、おせっかいや、でしゃばりはやめさせるようにして、みんながおたがいに仲良《なかよ》くくらせるようにしました。おそろしい巨人《きょじん》たち（ジャイアント・ゴロゴロバフィンとはまったく別《べつ》の種族《しゅぞく》です）が国境《こっきょう》をこえてやってきたときには、ナルニアの北《きた》へ追《お》いかえしました。それから、海《うみ》のむこうの国々《くにぐに》と友好関係《ゆうこうかんけい》をむすび、国《くに》の元首《げんしゅ》として訪問《ほうもん》しあいました。

そうして何年《なんねん》もたつと、子《こ》どもたち自身《じしん》が成長《せいちょう》して変《か》わっていきました。ピーターは背《せ》が高《たか》く、厚《あつ》い胸《むね》をした、偉大《いだい》な武将《ぶしょう》となり、英雄王《えいゆうおう》ピーターと呼《よ》ばれました。

スーザンは背《せ》が高《たか》く、足《あし》もとにとどくかというくらい長《なが》い黒髪《くろかみ》をした優雅《ゆうが》な女性《じょせい》となりましたので、海《うみ》のかなたの国王《こくおう》たちが、大使《たいし》をよこして、結婚《けっこん》の申《もう》しこみをしました。そして、やさしき女王《じょおう》スーザンと呼《よ》ばれました。

エドマンドは、ピーターより重々《おもおも》しく物静《ものしず》かになり、考《かんが》えの深《ふか》い、判断力《はんだんりょく》に富《と》んだ男《おとこ》になりました。そして、正義王《せいぎおう》エドマンドと呼《よ》ばれました。

けれども、ルーシーは、というと、いつまでも陽気《ようき》な金髪《きんぱつ》のおじょうさんで、近隣《きんりん》の王子《おうじ》さまという王子《おうじ》さまからお妃《きさき》になってくださいと申《もう》しこまれました。ナルニアのひとたちは、勇《いさ》ましき女王《じょおう》ルーシーと呼《よ》びました。

こうして四人《にん》は、とても楽《たの》しくくらし、こちらの世界《せかい》の暮《く》らしのことを思《おも》い出《だ》すようなことがあったとしても、それはただ夢《ゆめ》を思《おも》い出《だ》すようなものにすぎませんでした。

ある年《とし》、タムナスさん（今《いま》では中年《ちゅうねん》のフォーンとなり、堂々《どうどう》たる体《からだ》つきになっていました）が、川《かわ》をくだって四人《にん》に会《あ》いに来《き》て、白《しろ》い牡《お》ジカがまたあらわれたと知《し》らせてくれました――つかまえたら願《ねが》いをかなえてくれるというあの白《しろ》いシカです。

そこで、ふたりの王《おう》とふたりの女王《じょおう》は、宮廷《きゅうてい》の主《おも》だった家来《けらい》を引《ひ》きつれ、角笛《つのぶえ》を持《も》ち、猟犬《りょうけん》をともなって、西《にし》の森《もり》に白《しろ》ジカ狩《が》りに出《で》かけました。狩《か》りをはじめてまもなく、シカが見《み》つかりました。たいへんな速《はや》さで、荒《あ》れ地《ち》であろうと平地《へいち》であろうと、どんなところでもつっ走《ぱし》っていくので、ついに家来《けらい》たちの馬《うま》はみんなへたばって、四人《にん》だけが追《お》いかけていくことになりました。四人《にん》は、シカが馬《うま》でついていけないやぶに入《はい》っていくのを見《み》ました。そこで、王《おう》ピーターが言《い》いました。（王《おう》と女王《じょおう》になってずいぶんたつので、話《はな》しかたもすっかり変《か》わってしまいました。）

「かたがた、ここで馬《うま》をおり、やぶのなかまで、あのけものを追《お》っていこうではないか。かくも気高《けだか》き獲物《えもの》を追《お》ったためしはかつてない。」

「はい」と、三人《にん》。「それがようございましょう。」

そこで四人《にん》は馬《うま》をおり、馬《うま》を木々《きぎ》にむすびつけて、深《ふか》い森《もり》へ歩《ある》いて入《はい》っていきました。なかへ入《はい》るや、女王《じょおう》スーザンが言《い》いました。

「みなさまがた、おどろきの珍事《ちんじ》です。これは鉄《てつ》でできた木《き》でございましょうか。」

「女王陛下《じょおうへいか》」と、王《おう》エドマンドが言《い》いました。「上《うえ》のほうまでよくごらんになれば、おわかりになりましょう。先《さき》にランプのついた鉄《てつ》の柱《はしら》です。」

「まこと、ふしぎなる装置《そうち》だ」と、王《おう》ピーター。「かくも木々《きぎ》が密集《みっしゅう》しているところにランプをかかげるとは。しかも、あのように高《たか》くあっては、だれにも光《ひかり》が見《み》えぬではないか！」

「陛下《へいか》」と、女王《じょおう》ルーシー。「おそらくは、この柱《はしら》とランプがここに立《た》てられたとき、このあたりの木々《きぎ》はもっと小《ちい》さく、あるいは少《すく》なく、あるいは、なにもなかったのではないでしょうか。これは、できてまもない森《もり》ですが、この鉄《てつ》の柱《はしら》は古《ふる》うございますもの。」

四人《にん》はそれを見《み》あげて、たたずみました。やがて、王《おう》エドマンドが言《い》いました。

「なぜか知《し》らねど、この柱《はしら》の上《うえ》のランプをうちながめると、ふしぎな思《おも》いにかられる。かような

ものをかつて見《み》たことがあるような。まるで夢《ゆめ》、いや夢《ゆめ》のなかの夢《ゆめ》で――」

「陛下《へいか》」と、みんながこたえました。「われらもまた同《おな》じ思《おも》いにかられます。」

「しかも」と、女王《じょおう》ルーシー。「この柱《はしら》とランプを通《とお》りすぎれば、まかふしぎな冒険《ぼうけん》をすることになるか、さもなくば、われらの運命《うんめい》ががらりと変《か》わる気《き》がしてなりませぬ。」

「女王陛下《じょおうへいか》」と、王《おう》エドマンド。「わが胸《むね》にもそのような思《おも》いがあります。」

「私《わたし》もだ、弟《おとうと》よ」と、王《おう》ピーター。

「わたくしもです」と、女王《じょおう》スーザン。「それゆえ、早々《そうそう》に馬《うま》のもとにもどり、白《しろ》ジカを追《お》うのはやめましょう。」

「女王陛下《じょおうへいか》」と、王《おう》ピーター。「その儀《ぎ》はどうかゆるされたい。われら四人《にん》がナルニアの王《おう》と女《じょ》王《おう》になって以来《いらい》、戦《いくさ》や冒険《ぼうけん》や武勲《ぶくん》や正義《せいぎ》の実践《じっせん》といったためざましきことに、いったん手《て》を染《そ》めておきながら、とちゅうであきらめたということはない。はじめたことはかならずやりとげてまいった。」

「姉上《あねうえ》」と、女王《じょおう》ルーシー。「兄上《あにうえ》のおおせのとおりです。おそれや胸《むな》さわぎゆえに、今《いま》狩《か》っている気高《けだか》きけものからすごすごと手《て》をひくのは、はじとなりましょう。」

「同感《どうかん》だ」と、王《おう》エドマンド。「それに、この胸《むな》さわぎがなにを意味《いみ》するのか、ぜひ知《し》りたい。

ナルニア一《いち》の宝石《ほうせき》とひきかえにしても、あきらめることはすまいぞ。」

「では、アスランの名《な》にかけて」と、女王《じょおう》スーザン。「みなさまがさように思《おぼ》しめすなら、このまま進《すす》んで、われらにふりかかる冒険《ぼうけん》を受《う》け入《い》れましょう。」

こうして、王《おう》と女王《じょおう》らは、しげみに入《はい》り、二十歩《にじっぽ》も歩《ある》かないうちに、今見《いまみ》たのは街灯《がいとう》だと思《おも》い出《だ》しました。さらに二十歩《にじっぽ》も歩《ある》かないうちに、枝《えだ》をかきわけ進《すす》んでいるのではなく、コートのなかを進《すす》んでいることに気《き》づきました。

つぎの瞬間《しゅんかん》、みんなは、たんすのとびらから、がらんとした部屋《へや》へころがり出《で》ていました。もはや、狩《か》りの服《ふく》を着《き》た王《おう》や女王《じょおう》ではなく、むかしの服《ふく》を着《き》た、ただのピーター、スーザン、エドマンド、ルーシーとなっていました。

しかも、それは、みんながたんすにかくれに入《はい》った、まさにあの日《ひ》、あの時刻《じこく》でした。マクリーディさんと訪問客《ほうもんきゃく》たちは、まだ廊下《ろうか》で話《はな》しています。でもさいわいなことに、このがらんとした部屋《へや》へは入《はい》ってこなかったので、子《こ》どもたちはつかまりませんでした。

どうしてたんすからコートが四着《ちゃく》なくなっているのか？　そのことを教授《きょうじゅ》に説明《せつめい》しなければいけないと子《こ》どもたちが思《おも》わなかったら、このお話《はなし》はここでおわっていたことでしょう。

教授《きょうじゅ》は、とてもりっぱな人《ひと》ですので、子《こ》どもたちの話《はなし》を聞《き》いて、「ばかなことを言《い》ってはいけない」とか、「うそをついてはいけない」などと言《い》わず、なにもかもすっかり信《しん》じてくださいました。

「いやいや」と、教授《きょうじゅ》はおっしゃいました。「たんすのとびらを通《とお》って、コートを取《と》りにもどろうとしてもむだだろうな。その行《い》きかたではナルニアへはもどれんよ。それに、たとえ、もどれたとしても、コートは今《いま》ごろ使《つか》いものにならなくなっているさ！　え？　なんだって？　そう、もちろん、いつかはまた、きみたちがナルニアへもどる日《ひ》がくる。いったんナルニアの王《おう》となったら、つねにナルニアの王《おう》なんだからね。だが、同《おな》じ方法《ほうほう》をもう一度《いちど》やってみようとしなさんな。いや、それより、ナルニアへもどろうと思《おも》ってはだめなんだ。思《おも》わぬときに、ひょいと、もどれるものさ。それから、たとえきみたち同士《どうし》であったとしても、やたらにナルニアのことをしゃべってはいけない。よその人《ひと》には絶対秘密《ぜったいひみつ》だ。その人《ひと》が同《おな》じような冒険《ぼうけん》をしたとわかればいいけどね。なんだって？　どうやってわかるかって？　そりゃあ、だいじょうぶ、わかるさ。そういう人《ひと》ってのは、へんなことを言《い》うからね。顔《かお》つきがちがうのさ。それで秘密《ひみつ》がばれてしまう。目《め》をよく見《み》ひらいておきたまえ。やれやれ、最近《さいきん》の学校《がっこう》じゃ、いったいなにを教《おし》えているんだろうねえ？」

ここで、たんすの冒険《ぼうけん》は本当《ほんとう》におわりとなります。でも、もし教授《きょうじゅ》のおっしゃるとおりなら、これはまだ、ナルニアの冒険《ぼうけん》のほんのはじまりにすぎなかったのです。

※本書には一部、差別的ともとれる表現がふくまれていますが、作者が故人であること、作品が発表された当時の時代背景、文学性や芸術性などを考慮し、原文をそのまま訳して掲載しています。

訳者《やくしゃ》あとがき

C《シー》・S《エス》・ルイスが『ライオンと魔女《まじょ》と洋服《ようふく》だんす』(一九五〇)を書《か》いたときは、つづきの話《はなし》を書《か》くことは考《かんが》えていませんでした。けれども、やがて続編《ぞくへん》や前編《ぜんぺん》が書《か》かれ、七部作《ぶさく》(一九五〇~五六)ができあがりました。

六番《ばん》めに発表《はっぴょう》された『魔法使《まほうつか》いのおい』(一九五五)は『ライオンと魔女《まじょ》と洋服《ようふく》だんす』より前《まえ》の世界《せかい》をえがく話《はなし》になっていますので、ナルニア国《こく》での年代順《ねんだいじゅん》に話《はなし》をならべなおせば、最初《さいしょ》は『魔法使《まほうつか》いのおい』、二番《ばん》めが『ライオンと魔女《まじょ》と洋服《ようふく》だんす』、三番《ばん》めが『馬《うま》と少年《しょうねん》』(一九五四)……というふうになります。でもやっぱり、ルーシーがたんすのとびらをあけて別世界《べっせかい》を見《み》つけるところからナルニアの物語《ものがたり》ははじまると考《かんが》えたほうがすっきりすると思《おも》います。

とびらのむこうに、こちらとはまったくちがう世界《せかい》があると気《き》づくこと、そしてそこには名前《なまえ》を聞《き》いただけでふしぎな気持《きも》ちがわき起《お》こる大《おお》きな存在《そんざい》があるとはじめて知《し》ること、そうしたことが、作者《さくしゃ》にとって重要《じゅうよう》な意味《いみ》をもっていたと考《かんが》えられるからです。

そうして物語《ものがたり》がいったんはじまると、『ナルニア国物語《こくものがたり》』の世界《せかい》では時間《じかん》なんてかんたんに逆《ぎゃく》もどりします。『ライオンと魔女《まじょ》と洋服《ようふく》だんす』の最後《さいご》でも、すっかり大人《おとな》になってナルニア国《こく》をおさめていたはずのピーターたちが、また子《こ》どもにもどり、しかもマクリーディさんからにげようとしてたんすに飛《と》びこんだ「まさにあの日《ひ》、あの時刻《じこく》」にもどってくるのですから、『ナルニア国物語《こくものがたり》』においては私《わたし》たちの常識的《じょうしきてき》な時間《じかん》の感覚《かんかく》なんて通用《つうよう》しないと言《い》わなければなりません。

そういう意味《いみ》では、七部作《ぶさく》のどの作品《さくひん》から読《よ》んでもかまわないとも言《い》えるかもしれません。ルイスは、年代順《ねんだいじゅん》に読《よ》みたいという男《おとこ》の子《こ》に、「きみの意見《いけん》に賛成《さんせい》です」と手紙《てがみ》を書《か》き送《おく》っています。(と同時《どうじ》に、「作者《さくしゃ》の意見《いけん》は作品《さくひん》に対《たい》して大《おお》きな意味《いみ》はもたない」とも書《か》いていますが。)

作者《さくしゃ》のC《シー》・S《エス》・ルイスは、ケンブリッジ大学《だいがく》の英文学《えいぶんがく》の教授《きょうじゅ》で、キリスト教《きょう》についての本《ほん》をたくさん書《か》いた神学者《しんがくしゃ》でもありました。ナルニア国《こく》で、人間《にんげん》の男《おとこ》の人《ひと》のことを「アダムのむすこ」、女《おんな》の人《ひと》のことを「イブのむすめ」と呼《よ》ぶのは、キリスト教《きょう》の『聖書《せいしょ》』に、人間《にんげん》の最初《さいしょ》の男《おとこ》の人《ひと》がアダム、女《おんな》の人《ひと》がイブであったと記《しる》されているからです。そのほかにもキリスト教《きょう》との結《むす》びつきがたくさんあります。いちばん大切《たいせつ》なのは、ルイス自身《じしん》が子《こ》どもたちへの手紙《てがみ》で明《あ》かしているように、「アスランは、イエス・キリストを意味《いみ》しています」ということでしょう。

みなさんは、イエス・キリストってどんな人《ひと》か知《し》っていますか？
イエス・キリストはキリスト教《きょう》で救世主《きゅうせいしゅ》と呼《よ》ばれる人《ひと》で、そのたんじょう日《び》は、今《いま》でもクリスマスとして祝《いわ》われています。「クリスマス」というのは、「キリスト（クリスト）」の「ミサ」という意味《いみ》で、「ミサ」はもともと「お祝《いわ》い」という意味《いみ》です。

キリストはとてもよい人《ひと》で、世《よ》の中《なか》の人々《ひとびと》をすくおうとして教《おし》えをひろめました。でも、当時《とうじ》の政府《せいふ》から危険人物《きけんじんぶつ》と見《み》なされて捕《と》らえられ、十字架《じゅうじか》にはりつけにされて、殺《ころ》されてしまいました。ところが、悲《かな》しんだ女《おんな》の人《ひと》たちが、その墓《はか》をたずねると、墓《はか》はからっぽになっていました。奇跡《きせき》が起《お》こり、キリストは死《し》をのりこえて復活《ふっかつ》したのです。キリストの復活《ふっかつ》を祝《いわ》うお祭《まつ》り（復活祭《ふっかつさい》、英語圏《えいごけん》ではイースター）はクリスマスより大切《たいせつ》なお祭《まつ》りで、たまごに色《いろ》をぬってお祝《いわ》いしたりします。

そうです。アスランの復活《ふっかつ》は、キリストの復活《ふっかつ》をイメージして書《か》かれているのです。処刑前《しょけいまえ》、アスランががっくりと気落《きお》ちしたようすで坂道《さかみち》をあがっていくときにスーザンとルーシーがあとを追《お》いかけるのは、はりつけの場所《ばしょ》であるゴルゴタの丘《おか》へ苦《くる》しい歩《あゆ》みを進《すす》めるキリストのあとを心配《しんぱい》して追《お》うエルサレムの女《おんな》たちを思《おも》わせます。

ルイスは、「ひきょうなことをしてしまうエドマンドは、キリストを裏切《うらぎ》るユダと同《おな》じ」と記《しる》しています。キリストがユダのせいではりつけにあうように、アスランはエドマンドのせいで（エドマンドの身代《みが》わりとなって）殺《ころ》されるわけです。ただし、「ユダとちがって、エドマンドは後悔《こうかい》し、ゆるされる」とも、ルイスは書《か》いていますから、すっかり『聖書《せいしょ》』の物語《ものがたり》にかさねて読《よ》む必要《ひつよう》はありません。

また、「石舞台《いしぶたい》は、モーセの十戒《じっかい》が記《しる》された石板《せきばん》を思《おも》わせる」ともルイスは記《しる》し、『旧約聖書《きゅうやくせいしょ》』の古《ふる》い信仰《しんこう》から『新約聖書《しんやくせいしょ》』の新《あたら》しい信仰《しんこう》へと世界《せかい》がひろがることをイメージしたようです。

もちろん、こうしたことを知《し》らなくても物語《ものがたり》は楽《たの》しめますし、むしろ、そういう意味《いみ》を知《し》らなくとも、いっしょけんめいに読《よ》んでアスランのふしぎな力《ちから》を感《かん》じることこそが正《ただ》しい読《よ》みかたと言《い》えるでしょう。作品中《さくひんちゅう》では、アスランの存在《そんざい》をもっとも敏感《びんかん》に感《かん》じとるのは、いちばん幼《おさな》くて純粋《じゅんすい》な心《こころ》をもつルーシーです。作者《さくしゃ》はそうしたすなおな心《こころ》にうったえかけているのです。

ですからみなさんも、頭《あたま》で理解《りかい》して満足《まんぞく》するだけでなく、心《こころ》で感《かん》じることを大切《たいせつ》にしながら、この本《ほん》を読《よ》んでくださいね。

翻訳《ほんやく》にあたっては、原作《げんさく》の英語《えいご》の格調《かくちょう》の高《たか》さをくずさないように気《き》をつけて訳《やく》しました。英米《えいべい》の子《こ》どもたちが原文《げんぶん》を読《よ》んで味《あじ》わうとおりの「楽《たの》しさ」――知《し》らない世界《せかい》に出会《であ》うときのわくわく感《かん》や、わからないことを理解《りかい》したいと思《おも》う好奇心《こうきしん》もふくめて――を大切《たいせつ》にしました。

とくに原文《げんぶん》の解釈《かいしゃく》には細心《さいしん》の注意《ちゅうい》をはらいました。たとえば第《だい》十三章《しょう》で、魔女《まじょ》が「深遠《しんえん》なる魔法《まほう》のことを忘《わす》れたのか？」とたずねるとき、これまでの訳《やく》ではアスランが「忘《わす》れてしまったようだな」とか「どうかな、忘《わす》れてしまったかもしれない」などと答《こた》えていたのですが、アスランが深遠《しんえん》なる魔法《まほう》のことを忘《わす》れるはずがないのです。原文《げんぶん》には「〜と仮定《かてい》しよう（Let《レット》 us《アス》 say《セイ》）」という表現《ひょうげん》がもちいられており、魔女《まじょ》からみんなに説明《せつめい》させるために、アスランがあえて「忘《わす》れたということにしよう」と言《い》っていることがわかります。

また、第《だい》十六章《しょう》では、アスランが魔女《まじょ》の館《やかた》で像《ぞう》にされていた生《い》き物《もの》たちをたすけるとき、「しっかりやれよ、みんな。♪二階《かい》も一階《かい》も♪奥方様《おくがたさま》の部屋《へや》も♪だ！」と言《い》いますが、これはGoosey《グーシー》 Goosey《グーシー》 Gander《ギャンダー》というナーサリー・ライムの一節《いっせつ》です。（メロディーを下《した》に示《しめ》します。）先行訳《せんこうやく》では、ただ命令《めいれい》しているだけになっていますが、アスランが上機嫌《じょうきげん》になって口《くち》ずさんでいるということもわかるようにと配慮《はいりょ》して訳《やく》しました。

訳注《やくちゅう》などはできるだけつけないようにして、読《よ》みやすさに配慮《はいりょ》しました。かわりに、ここではいくつかの料理《りょうり》について解説《かいせつ》しておきましょう。

92ページで、スーザンが料理《りょうり》しているじゃがいも料理《りょうり》は、ジャックト・ポテトです。じ

やがいもの皮《かわ》をむかず、切《き》らずに丸《まる》ごと、ひたひたのお湯《ゆ》で煮《に》て、やわらかくなったら、水《みず》を切《き》って、鍋《なべ》にふたをせずに、こげない程度《ていど》に火《ひ》に近《ちか》いところに置《お》いて余分《よぶん》な水分《すいぶん》をとばします。イギリスの伝統的《でんとうてき》な料理法《りょうりほう》です。バターをのせると、とろとろに溶《と》けておいしいのです。ベイクト・ポテトやジャケット・ポテトとも呼《よ》びます。

ビーバー夫人《ふじん》が出《だ》してくれた「マーマレード・ロール」は、「マーマレード・ローリーポーリー」とも呼《よ》ばれるイギリスの伝統的《でんとうてき》なデザートです。スエット（ケンネ脂《あぶら》）をふくんだ生地《きじ》を平《ひら》たくのばして、マーマレードをぬって丸《まる》めて、焼《や》きます。日本《にほん》によくあるふわふわのスポンジ生《き》地《じ》のロールケーキとはちがい、どっしりとした食感《しょっかん》です。『ピーターラビット』にも、ジャムのかわりにネコを巻《ま》いて「ネコのローリーポーリー・プディングを作《つく》ろう」なんていう話《はなし》が出《で》てきますが、ふつうはジャムやマーマレードなどをぬります。食《た》べでのある生地《きじ》にたっぷりマーマレードが入《はい》った、あまーいデザートです。

さて、第二巻《だいにかん》は、本作《ほんさく》から一年後《ねんご》のお話《はなし》です。ルーシーがはじめて学校《がっこう》の寄宿舎《きしゅくしゃ》へ入《はい》ることになり、駅《えき》のプラットフォームで四人《にん》の子《こ》どもたちが汽車《きしゃ》を待《ま》っていると、とつぜんナルニアの世《せ》界《かい》へもどってしまうのです。どうぞお楽《たの》しみに。

ナルニア国物語《こくものがたり》
②巻《かん》のお話《はなし》は…

物語《ものがたり》は、①巻《かん》の終《お》わりから、一年後《ねんご》にはじまります。

夏休《なつやす》みも終《お》わり、４人《にん》の兄妹《きょうだい》たちは、教授《きょうじゅ》の家《いえ》を出《で》て寄宿《きしゅく》学校《がっこう》に行《い》くことに。小《ちい》さな駅《えき》に立《た》って、なんだかつまらない気持《きも》ちで学校行《がっこうい》きの列車《れっしゃ》を待《ま》っていると、ルーシーが「きゃあっ！」と悲鳴《ひめい》をあげました。

「だれかが魔法《まほう》の力《ちから》で、私《わたし》たちを引《ひ》っぱってる！」

一瞬《いっしゅん》で、４人《にん》はまたナルニアに引《ひ》きもどされてしまいます。でも、そこはみんなの知《し》っているナルニアではありませんでした。４人《にん》が王様《おうさま》だった時代《じだい》から1300年《ねん》もの時《とき》がたった、未来《みらい》のナルニアだったのです！

そのナルニアを統治《とうち》するミラーズは、ひどく残虐《ざんぎゃく》な王《おう》で、自分《じぶん》の甥《おい》であるカスピアン王子《おうじ》を暗殺《あんさつ》しようとたくらんでいるそうです。おまけに“白《しろ》の魔女《まじょ》”を復活《ふっかつ》させようとする動《うご》きもあるらしく…。４人《にん》は、無事《ぶじ》、ナルニアをよみがえらせることができるのでしょうか？

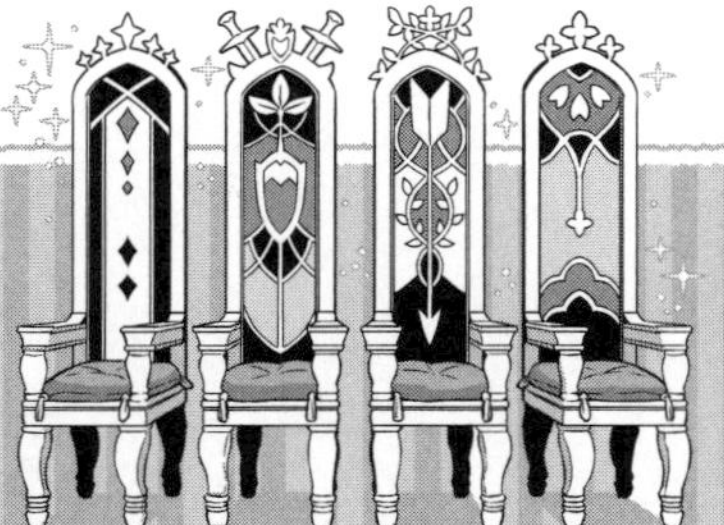

角川つばさ文庫

C・S・ルイス／作
1898～1963年。アイルランド系のイギリス人小説家で神学者。キリスト教の弁証家でもある。代表作は本シリーズで、その最終巻「さいごの戦い」でカーネギー賞を受賞。

河合祥一郎／訳
1960年生まれ。東京大学教授。訳書に『新訳　ふしぎの国のアリス』『新訳　ピーター・パン』『新訳　赤毛のアン　完全版』『新訳　星を知らないアイリーン　おひめさまとゴブリンの物語』や「新訳　ドリトル先生」シリーズ（すべて角川つばさ文庫）など。公式ブログhttps://ameblo.jp/shoichiro-kawai/

Nardack ／絵
セーラームーンと魔法少女が大好きな、韓国在住の女性画家。『100年後も読まれる名作　美女と野獣』『同　若草物語』（KADOKAWA）のイラストも担当。

角川《かどかわ》つばさ文庫《ぶんこ》

新訳《しんやく》　ナルニア国《こく》物《もの》語《がたり》
①ライオンと魔女《まじょ》と洋服《ようふく》だんす

作《さく》　C・S《シーエス》・ルイス
訳《やく》　河合祥一郎《かわいしょういちろう》
絵《え》　Nardack《ナルダク》

2017年10月15日　初版発行
2023年４月５日　８版発行

発行者　山下直久
発　行　株式会社KADOKAWA
〒102-8177　東京都千代田区富士見 2-13-3
電話　0570-002-301（ナビダイヤル）
印　刷　大日本印刷株式会社
製　本　大日本印刷株式会社
装　丁　ムシカゴグラフィクス

ISBN978-4-04-631712-4　C8297　　N.D.C.933　236p　18cm

読者のみなさまからのお便りをお待ちしています。下のあて先まで送ってね。
いただいたお便りは、編集部から著者へおわたしいたします。
〒102-8177　東京都千代田区富士見 2-13-3　角川つばさ文庫編集部

角川つばさ文庫のラインナップ

新訳 赤毛のアン(上)
完全版

作／L・M・モンゴメリ
訳／河合祥一郎
絵／南 マキ

孤児院から少年をひきとるつもりだったマリラとマシュー。でも、やってきたのは赤毛の少女アン！　マリラはアンをおいかえそうとするけど…。泣いて笑ってキュンとする永遠の名作をノーカット完全版で！

新訳 ふしぎの国のアリス

作／ルイス・キャロル
訳／河合祥一郎
絵／ okama

へんてこなウサギを追って、ふか～いあなに落ちたアリス。そこはふしぎの国だった⁉　51枚のかわいいさし絵と新訳で、世界中で愛される名作が、楽しくうまれかわる。

新訳 赤毛のアン(下)
完全版

作／L・M・モンゴメリ
訳／河合祥一郎
絵／南 マキ

孤児院からひきとられたアン。マシューはもちろん、きびしかったマリラにも、アンは大事な家族でした。でも、別れはとつぜんやってきて…。あの感動をノーカットで！　思いっきり泣ける名作、絵49点‼

新訳 かがみの国のアリス

作／ルイス・キャロル
訳／河合祥一郎
絵／ okama

雪の日、いたずら子ネコをたしなめてたら、かがみの中に入っちゃった。ずんぐりぼうやのおかしなフタゴや、いばったたまご人間ハンプティ・ダンプティ。今度はアリスが女王に⁉　78枚の絵で名作を！

新訳 アンの青春(上)
完全版 ー赤毛のアン2ー

作／L・M・モンゴメリ
訳／河合祥一郎
絵／南 マキ　挿絵／榊 アヤミ

アンは、大好きなアヴォンリー村で母校の小学校の先生となります。家ではマリラがふたごをひきとり、いたずらに手を焼きどおし。17才をむかえるアンの青春の日々を描く、絵45点の名作ノーカット完全版！

新訳 星を知らないアイリーン
おひめさまとゴブリンの物語

作／ジョージ・マクドナルド
訳／河合祥一郎　絵／okama

アイリーンひめは秘密の部屋で自分と同じ名の若く美しいひいひいおばあちゃまと出会います。その日からゴブリンにねらわれたり、鉱山の少年と冒険したりと危険な毎日。やがて屋敷をせめこまれ…。絵141点の傑作ファンタジー！

つぎはどれ読む？

新訳 ピーター・パン

© 2013 mebae/Kaikai Kiki Co., Ltd.

作／J・M・バリー
訳／河合祥一郎　絵／mebae

ある夜、3階の窓から子ども部屋にとびこんできた、永遠に大人にならない不思議な少年ピーター・パン。少女ウェンディと弟たちをつれだし、星空をとんで、さぁ、ネバーランドへ。世界一ゆかいで切ない物語を新訳と60点の絵で！

新訳 アンの青春（下）完全版 ―赤毛のアン2―

作／L・M・モンゴメリ
訳／河合祥一郎
絵／南マキ　挿絵／榊アヤミ

アンの新しい友人、白髪のミス・ラベンダー。じつはアンの生徒の父と25年前に婚約していましたが、ケンカ別れしてからずっと独身です。その失恋に今も彼女が傷ついていると知ったアンは…。絵47点！

プリンセス・ストーリーズ 白雪姫と黒の女王

原作／グリム兄弟
著／久美沙織　絵／POO

母をなくした白雪姫と、魔族の生きのこりのこどくな女王。運命の出会いは思わぬ事件をひきおこし…。女王が世界一美しくなければいけない悲しい理由とは？鏡にうつる真実とひみつ。おとぎ話が恋となみだの感動ドラマに！

新訳 ドリトル先生アフリカへ行く

作／ヒュー・ロフティング
訳／河合祥一郎　絵／patty

ドリトル先生は動物のことばが話せる、世界でただひとりのお医者さん。おそろしい伝染病にくるしむサルをすくおうと、友だちのオウム、子ブタ、アヒル、犬、ワニたちと、船でアフリカへむかいますが……。名作を新訳と42点のたのしいイラストで！

プリンセス・ストーリーズ 眠り姫と13番めの魔女

作／久美沙織
絵／POO

「オーロラ姫はつむに刺されて死ぬ」13番めの魔女が呪いをかけたその日、兄弟王子は姫のためにちかいをたてた。兄は英雄王をめざし、弟は人質になることを。おとぎ話の『眠れる森の美女』が、泣けるラブストーリーに！

新訳 ドリトル先生航海記《こうかいき》

作／ヒュー・ロフティング
訳／河合祥一郎　絵／patty

動物と話せるお医者さん、ドリトル先生の今度のぼうけんは、海をぷかぷか流されていくクモザル島をさがす船の旅！　おなじみの動物たちもいっしょです。巨大カタツムリに乗って海底旅行も？　さし絵68点の第2巻！

角川つばさ文庫発刊のことば

角川グループでは『セーラー服と機関銃』(81)、『時をかける少女』(83・06)、『ぼくらの七日間戦争』(88)、『リング』(98)、『ブレイブ・ストーリー』(06)、『バッテリー』(07)、『DIVE!!』(08)など、角川文庫と映像とのメディアミックスによって、「読書の楽しみ」を提供してきました。

角川文庫創刊60周年を期に、十代の読書体験を調べてみたところ、角川グループの発行するさまざまなジャンルの文庫が、小・中学校でたくさん読まれていることを知りました。

そこで、文庫を読む前のさらに若いみなさんに、スポーツやマンガやゲームと同じように「本を読むこと」を体験してもらいたいと「角川つばさ文庫」をつくりました。

読書は自転車と同じように、最初は少しの練習が必要です。しかし、読んでいく楽しさを知れば、どんな遠くの世界にも自分の速度で出かけることができます。それは、想像力という「つばさ」を手に入れたことにほかなりません。

「角川つばさ文庫」では、読者のみなさんといっしょに成長していける、新しい物語、新しいノンフィクション、角川グループのベストセラー、ライトノベル、ファンタジー、クラシックスなど、はば広いジャンルの物語に出会える「場」を、みなさんとつくっていきたいと考えています。

読んだ人の数だけ生まれる豊かな物語の世界。そこで体験する喜びや悲しみ、くやしさや恐ろしさは、本の世界の出来事ではありますが、みなさんの心を確実にゆさぶり、やがて知となり実となる「種」を残してくれるでしょう。

かつての角川文庫の読者がそうであったように、「角川つばさ文庫」の読者のみなさんが、その「種」から「21世紀のエンタテインメント」をつくっていってくれたなら、こんなにうれしいことはありません。

物語の世界を自分の「つばさ」で自由自在に飛び、自分で未来をきりひらいていってください。

ひらけば、どこへでも。——角川つばさ文庫の願いです。

角川つばさ文庫編集部